GOBOOKS
& SITAK
GROUP©

GOBOOKS
& SITAK
GROUP©

三日月書版

三日月書版

萬
獸
國
黛妃
JNE*靜 illust.
下
ER06
三日月書版

萬獸之國

Presented by
DaiFei and JneJing

CONTENTS

第二十六章

玄天殿的宮人被蒼啟的人擋在外面，喬宓一時脫不了身，捂著被燙疼的手腕，所幸蒼啟對她並無惡意，她只能顰眉解釋道：「對不起，我什麼都不記得了，三年前醒來的時候在雪山裡，被人救下才到了這裡，你認識我？」

「當然認識！」蒼啟的神色意外而心痛，雙手按著喬宓的肩頭，看著比自己矮了一個頭的嬌弱少女，大掌顫巍巍地摸了摸她頭頂下垂的貓耳，眸中滿是眷念，「果果，我是妳哥哥啊！早知道妳會變成這樣，當初說什麼都不該放妳走。」

咦！哥……哥哥?!喬宓驚愣地瞪大黑眸，細看蒼啟的俊顏，確實和自己這張臉有些許相似的地方，而且她出乎預料地不厭惡他，甚至覺得有些親近，「你，真的是我的哥哥？」

她的遲疑和迷茫讓蒼啟黯然，三年前他一時心軟放走了妹妹，本以為一切都安排妥當，能讓他的果果安然無虞，不料卻弄丟了她！

「三年了，我們一直都在找妳，當年妳才十三歲，若非……自從妳下落不明後，父親都急得病倒了，是我愧對爹娘，弄丟了妳。」

說到痛處蒼啟竟然紅了眼，將愣怔的喬宓緊緊抱入懷中，似乎全然不能想像妹妹當初究竟經歷了什麼，才會失去記憶，「幸好，哥哥找到妳了！」整個司命族找了三年都找不到的人，誰又能料到她會在景國的皇宮裡，也難怪他們找遍了幾國都杳無音信。

「昨日看到妳的原形時，我還不敢相信，雖然長大了不少，可是和小時候還是一樣。當年妳化形時可是小小一隻雪貓，娘把妳放在我的懷裡，只有這麼大，娘走的時候要我一輩子都要保護好妹妹，可是我……」蒼啟頹然落淚，看著失而復得的妹妹，他心中五味雜陳，整整三年了他沒有一日不思念妹妹，只盼著有生之年還能找到她，也不愧對先母了。

「方才遠遠看見妳，我就認出來了，妳的眉眼和母親是如此相像，特別是這雙眼睛，我的果果啊。」他顫抖的手指撫摸著喬宓的臉頰，既是欣慰又是激動。

喬宓動也不動，任由他眷念地撫著，看著蒼啟不停落淚，心中也澀澀的，有些難受。此人對親妹妹的愛護之深，可惜三年前原主便死掉了……而現在的她，很是慚愧。

「你、你別哭。」頭一次見這麼大的男人落淚，喬宓也有些無措，鼻間酸酸的，小手下意識地伸向蒼啟線條俊逸的面龐，軟軟的嫩白指腹輕輕揩去淚水。

「好，哥哥不哭，果果快告訴哥哥，當年是誰救了妳，妳這些年過得好嗎？」蒼啟握住喬宓的手，目光切切地看著她。十六歲的少女遠比十三歲時更加窈窕玉潤，瑩然若嬌花般美好。

「我過得很好，是景國的攝政王救了我。我……」還未等喬宓說完，蒼啟的面色陡變，急道：「景琮？傳聞此人最為陰狠冷酷，連父親都畏他幾分，他可有虐待妳？」

喬宓瞬間訕然尷尬，老變態的名聲在外國都不太好聽，殺人的事他常幹，救人倒是難得聽聞，也難怪蒼啟這麼驚愕了。

「沒有，沒有，他對我很好！」衣來伸手飯來張口，除了偶爾來點「體罰」，沒人性的攝政王對她已經是很好了。最近連王妃的位置都要送她了，還談何虐待呢。

看看喬宓這珠圓玉潤、粉雕玉琢的模樣，確實是養得很好，光是她身上這些衣裙首飾，哪樣不是天下極品？蒼啟這才鬆了口氣，心疼地摸了摸妹妹的腦袋，「那就好，等會哥哥便去找他道謝，再修書回司命族去，讓父親備些厚禮送來，待和談之事成了後，妳就跟我回夜國去。」

回夜國？喬宓想也沒想就開口：「不行！」

「為何？妳可知三年來，父親無時無刻不念著妳，如今終於找到妳了，他一定很是欣喜。果果妳失憶了什麼都不記得，父親從小待妳如掌中珠，妳若不回去……」

聽了蒼啟的話，喬宓也覺得自己太武斷了。原主雖然死了，可是她畢竟占了人家女兒的身體，連忙解釋道：「我是說回去看看可以，但是我不能一直待在夜國。」就算她想住在夜國，景琮大概也不會放人。而且對於喬宓而言，景國早已是家一般的地方，這裡有景琮和裴禎，反倒是夜國很是陌生。

蒼啟的神色沉重了幾分，微皺著眉頭，道：「妳是我們司命族的聖女，按傳統，十五歲就要繼位司祭祀之事。如今妳十六了，父親說總有一日會找到妳，聖女之位便一直空著，近年難免有族人不滿。儘管妳什麼都不記得了，可是聖女之位必須早日回族去繼承。」

喬宓駭然，她對司命族的瞭解並不多，可是聖女這樣的地位聽起來，可不是鬧著玩的。論她如今的修為和術法，完全就是三腳貓的功夫，怎麼能去主持一族的祭祀？

「不行不行，我什麼都不記得，而且我的元神損傷太重，修為基本為零。」

方才蒼啟探過她的元神，當然知道她底子為何，不禁悲從中來，「小時候妳便繼承了爹娘的一身修為，極其厲害，族人莫不追奉，三年前究竟發生了什麼?才以至於妳傷成這樣……」

喬宓當然不可能回答他，當年她醒來時就在雪地裡，照理說夜國與景國的距離這麼遠，她如何陰差陽錯到了景國的雪山?幸好被景琮叼走了，不然變回原形的她，恐怕不出一兩日就會凍死在風雪裡。

「罷了罷了，是哥哥太急了，如今只要妳安好便好。這次太子殿下也來了，恐怕他已經知道我找到妳的事情了，過會和我去跟他認個錯。當年妳逃走，若不是太子不追究，夜帝早已降罪了。」

這下喬宓徹底愣住了，「跟他認錯?!」

夜國崇尚上古大神，做什麼事都喜歡卜卦問天，司命一族傳承千年，主皇室卜卦祭祀，被夜國黎民奉為神明之族，地位只在皇室之下。

族中由族長卜卦定天意，聖女祭祀祈福，可自由婚嫁。演變至今，族長與聖女的婚事已經開始和皇室掛鉤，比如這一代的世子蒼啟，就迎娶了夜國的耀華長公主。而早在三年前，聖女就被指給了夜太子為妃，只待及笄之年就迎娶入宮。

「所以……我是逃婚了？」喬宓窘迫地看著蒼啟，一想到重華宮那條幽黑的蛇尾巴，她就忍不住打了個寒顫。

蒼啟點了點頭，甚是懊惱地說道：「當年大皇子被殺，妳受蒼玥挑唆，以為太子乃是暴戾之君，便準備逃走。」當時，夜麟的太子之位還未坐穩，本預訂及笄後迎娶聖女，卻直接下令要十三歲的蒼家女立刻入宮。一貫寵愛妹妹的蒼啟知道妹妹不喜歡太子，也捨不得她往火坑跳，所以在她千求百祈下幫她逃了婚。

「那時妳尚未見過太子，便聽信了蒼玥的一面之詞。大皇子固然死得淒慘，可是皇位之爭哪有不殘酷的，父親既然選擇了太子，也就說明此人的能力。我也是糊塗了，竟然心軟放了妳走，闖下大禍。」

「這樣的話……」喬宓忽然抓住了一個重點，連忙看向蒼啟，急急問道：「那我、我和夜太子的婚約取消了嗎？」

「不曾。當年妳逃婚後，夜帝降罪下來被太子擋住了，父親只得送蒼玥入宮暫時替代妳，不過她是側妃，太子還是想找到妳，將太子妃的位置留給了妳。」完蛋了，喬宓只覺得這件事有些不好辦，若是被景琮知道她的身分和婚約，那老變態大概會雷霆震怒吧？

「那個蒼玥是誰？」

蒼啟眸光泛涼，似乎早就厭惡此人至極。他揉了揉喬宓的頭，沉聲道：「是二叔的獨女，長妳幾歲。從小我就看出她蛇蠍心腸，處處與妳為敵，妳卻單純地總與她交好。妳失蹤後，父親無奈送了她進宮去，倒是讓她得償所願了。」

喬宓慨慨一笑，局勢很清楚了，原主三年前失蹤跟那個堂姐脫不了關係。至於婚約，就昨日那驚鴻一瞥，她可不認為夜太子是個兒女情長之人。恐怕是捨不得失去司命族長這一臂膀，所以寧願空著太子妃的位置裝深情，口口聲聲要等聖女回來，一邊也不忘納了一宮美人。喬宓腦補過度，已認定那夜太子十分可恥。

「我現在沒有任何記憶，你突然說這麼多事情，我一時間也接受不了，讓我緩一緩吧。至於景琮那裡你先不要去了，我想自己跟他說。」既然喬宓都這麼說了，蒼啟也不能反駁她，反正已經找到了妹妹，其餘的事情又算得了什麼。

喬宓到宮學時，已經遲到了，好在太傅睜一隻眼閉一隻眼，讓她蒙混了過去。方才坐下拿出書冊，少帝景暘就湊了過來，「喬喬妳為何遲到了？」

早有準備的喬宓指了指身後那一束新摘的珍珠梅，雪白的花瓣上還隱約沾著晶瑩露珠。景暘很快明白了她的意思，俊朗的龍顏上一展清俊的笑意，拿了今日份的食盒遞過來，悄聲說道：「換了新的配方，更甜些，等會吃吧。」

好不容易熬到課休時，喬宓也沒時間吃那盒新製的糕點，就拉著景暘旁敲側擊夜太子的事情。

「此人倒是頗有耳聞，聽說三年前為了爭太子之位，將自己的長兄打回原形剝皮抽了筋，手段極其殘忍暴戾，還有不少兄弟都是慘遭他的毒手。」

剝皮抽筋？喬宓忽然覺得毛骨悚然，嚥了嚥口水，大概知道為何原主被挑撥了幾句話就逃婚了……心思單純的小聖女，怎麼可能會喜歡這種變態？此人跟景琮倒是有得比。

見喬宓趴在桌上失神，景暘微瞇雙眼，目光掃過她稍許凌亂的髮間，那雙貓耳顯然被人揉過。

「夜國皇室乃是蟒族，最為冷血無情了，打回原形殺戮也不過是老把戲了。昨日的宮宴喬喬沒來，是皇叔不允許？」

喬宓正愁得慌，垂下長睫心緒不寧，景暘的話也沒聽清楚，囫圇著點了頭。看蒼啟那絕對要帶她回司命族的勢頭，她的身分必然會曝光，這倒無所謂，可是與夜太子的婚約無異於晴天霹靂了。她該怎麼辦呢？

宮學午間就停了課，景暘被攝政王的人請去了前宮，說是與夜國使團有要事相談，如何也不能少了皇帝這個傀儡象徵。

景暘走時本想帶喬宓一道去御龍殿，奈何她心緒不佳，急著回玄天殿，便留她一人在宮學等玄天殿的人來接。可是直到宮學散得差不多了也不見人來，喬宓只能帶著兩個宮娥慢慢回去，再次路過景臺時，她下意識加快了步伐。

才剛走沒幾步，忽而一股異香迎面襲來，她還來不及屏住呼吸猝不及防聞了幾口，頓時頭暈目眩，眼前一黑往地上倒去。

第二十七章

喬宓幽幽轉醒時頭還暈沉得厲害，那股異香來得猛烈，她吸了不少入肺，現在還是手軟眼花，唯一能感覺到的便是自己躺在一處極軟的地方。隱約間有人拿著一個東西在她鼻間晃了晃，傳來絲絲清涼的異味，聞了些許後痠軟發沉的手腳才漸漸能動彈。

「醒了？」眉心微動，幽黑的水晶明眸眨了幾下，映入眼眶的還真的是夜太子那張邪魅無匹的俊臉。她這會暈眩得慌，腦袋一時還轉不過來，粉唇蠕動了幾次也沒說出話。

「妳這樣子可真好玩。」軟軟萌萌的小可愛讓夜麟心癢難耐，伸出手指就去逗玩喬宓的櫻唇，嬌嫩的唇瓣被他發涼的手指揉得泛紅，「真是蒼家的女兒？」他捏著喬宓小巧的下頸細細打量，目光凌厲，問的卻不是她。

床畔不遠處還站著一人，身形高大的男人面目冷峻，左耳上戴著一隻銀耳圈，低著頭恭聲回道：「屬下聽見蒼世子親口說的，確實是族長之女，他的親妹妹。」

夜麟冷哼一聲，轉而掐住喬宓的臉頰，粉膩柔嫩的肉被他掐得發白，足見他此時的不悅，「真是造化弄人呢，早知是妳，孤當年說什麼也得綁進宮去。」

三年前蒼家的果果才十三歲，夜麟為了坐穩太子之位，急需司命族這個後盾，娶他家的女兒也不過是個策略，所以他並沒有見過聖女是何模樣。知道人逃了婚他怒歸怒，好在蒼驊識相，一如既往地站在他背後。至於後面送進宮頂替的女人，他看都不曾看一眼。

「逃婚？三年前就該是我的女人了，竟然還和裴禎在一起，哼。」世間的事情便是如此弄人，他那隨口一咬錯放的淫毒，成全了喬宓和裴禎的一夜情，而觀看一夜的他也對喬宓有了說不出的欲望。本想趁著和談之事來景國找到她偷偷帶走，結果呢，她居然是他的未婚妻！

喬宓被夜麟眼中的凶光嚇得不淺，此人雖年少，可是壓迫人的氣勢絲毫不遜於上位多年的景琮，好在被他掐得發疼的臉頰終於得到了自由，「你……這裡可是景國皇宮，你別亂來！」

還來不及弄清他是如何知曉她和裴禎的事情，只見夜麟一揮手，站在遠處的冷面男人轉身退了出去，偌大的內殿之中只剩他們兩人。

「你要幹什麼！」剛從迷香中恢復神智的喬宓，說話還有些發軟，軟軟地嬌顫著。眼看夜麟的手襲上了她腰間的裙帶，她大驚失色就想掙扎。

「噓～乖一點。」他一指按在她纖弱的肩頭上，也不知用了什麼法子，瞬間震得她上身麻疼不已，立刻就不敢亂動了，一雙泠泠水眸霧氣氤氳，憤懣地瞪著他。

夜麟甚是妖邪的唇側蕩起一抹笑，捏了捏喬宓嬌嫩的臉蛋。他似乎非常喜歡弄疼她，就如現在，她這般敢怒不敢言的模樣，最讓他有感覺了。

不消片刻，腰間的裙帶被解了開，稍稍用力，一片式的華貴羅裙就被扯走。上身的衣襟半開，露出中間的薄紗中衣，下身也只剩一條雪紗中褲，愈發顯得少女姣好的身線玲瓏。

「你住手！裴、裴禎不會放過你的，他可是國相！」喬宓快被夜麟那泛著綠光的炙熱眼神嚇哭了，即便是景琮都沒把她嚇成這樣過，渾身毛骨悚然，雞皮疙瘩都起來了。她摸不准他知道多少事情，目前只能拿裴禎的名號出來擋擋。

她不說倒罷了，一說夜麟便惱怒幾分，手指挑開了上裳，隔著薄薄的中衣就覆在了一團軟綿的玉峰上，猛然捏揉了幾把。

「啊～疼！」水嫩堪比豆腐的椒乳怎堪他如此蹂躪，喬宓立刻就含淚驚呼起來。

「國相又如何？就算裴禎這會來了，孤想做什麼他也攔不得，妳可是我的未婚妻呢。」三年前若是她不曾逃婚，說不定現在孩子都為他生了。思及此，他放開軟綿雪乳，手掌滑向她的小腹，雪紗薄透，隱約可見瑩白的肚子平坦。不急，終有一日這裡會有他的孩子。

冰涼的手指覆在腹部輕緩地摩挲，氣氛詭異得可怕，喬宓被夜麟身上散出的邪氣震懾，整個人在他掌下瑟瑟發抖。

「害怕了？我可什麼都還沒做呢。」他微微挑眉，明明和喬宓一樣幽黑的眼瞳裡，卻閃著邪肆的綠色獸光，霸氣而又嚇人，唇側笑意散漫，修長的手指竟然緩緩地往更下面摸去。

「不、不要！」喬宓漲紅了臉，驚懼地急喘著，清晰地感覺到夜麟的手指在腿心處挑抹。大拇指準確地按在花縫的上端，食指自下方劃上來，隔著中褲在穴口處會合，指腹壓得雪紗往花唇中陷去。儘管緊張害怕，喬宓也被他刮得腿心痠癢，忍不住輕嚀一聲。

夜麟桀鷔而笑，帶著些許張狂地狠狠揉弄喬宓的花縫。看著她控制不住弓身顫慄，他便沉了呼吸，那種詭異的飢餓感又湧上來了。第一次有這種感覺，還是他看見裴禎將喬宓按在身下狂幹那次。嬌美的女體滿是誘人的馨香，她整個人就像是為他而生似的，距離愈近就愈是控制不住地喜歡。

「喊聲夫君來聽。」他的聲線透著詭異的磁性，似乎在壓抑著某種渴望，又像是在期待著某種快感，目光邪妄地鎖定喬宓。見她久久不開口，大掌扣住她的纖腰，微微用了些力。

「啊！……夫、夫君！」喬宓被他掐得都快斷了，吃痛尖叫了起來。

夜麟很是受用，又逼著她連喚了好幾聲才鬆開了那盈盈一握的纖腰，手指輕緩地替她揉了揉痛處，「裴禎便也罷了，倒是看不出，妳連景琮的床也能上得去，頗有能耐呢。」

緩過疼意的喬宓一怔，未料夜麟已經知道她和景琮的關係。對於他的譏諷，她絲毫不懼地冷哼一聲，「既然你什麼都知道，還不快點放我走！」俗話說強龍壓不過地頭蛇，夜麟再如何厲害，這裡也是景國的皇宮，是景琮的地盤。

她這突然搬出靠山的模樣，全然信賴著景琮，頗是刺了夜麟的眼，大掌拍了拍她的嬌臀，動作愈發恣意起來，「收起妳那些小心思，無論景琮還是裴禎，誰也不能阻擋我帶妳回夜國。」

被一番上下輕薄後，喬宓終於得以逃離重華宮，回了玄天殿就慌忙讓宮娥準備香湯要沐浴。儘管夜麟並未有什麼實質的侵犯，她卻覺得渾身到處都不舒服。

坐在浴桶中，她捧起散著芬芳的鮮花湯水灑在肩頭，急促地用力揉搓。距離離開重華宮已經快一個時辰了，可是夜麟帶給她的恐懼壓迫感還未消散，心間總像是壓著一塊巨石，讓她不安。

景琮回來時，喬宓已經洗得差不多了，聽見身後傳來腳步聲，還以為是宮娥送巾帕過來，伸手去拿的藕白纖腕被一隻大手握住。

「啊～王爺！」她受驚地轉身看去，只見景琮峻拔的高大身形逆光擋在桶前，身上還穿著未換的蛟龍朝服，白髮間帶戴著冠冕，陰寒冷厲的天顏很是讓人畏懼。

「怎麼泡這麼久，水都快涼了。」景琮挑眉看了看浴桶中的鮮花水，嫋繞的霧氣早散的差不多了，握在手中的嫩臂微涼，顯然是泡澡時間過長。他甚是不悅地從松木雕屏上抽起一張巾帕來。

「朝服、朝服弄溼了！」喬宓被他從偌大的浴桶裡撈起，淅淅瀝瀝的水珠還未落盡，就被寬大的絨面巾帕包裹住了，整個人被景琮如同抱嬰兒般摟在懷裡，溼漉漉的腳丫踩得蛟龍朝服下襬瞬間溼了大半。

「無礙。」他倒是絲毫不在意，抱著玲瓏美人兀自往寢殿去。將喬宓放在龍床上，大手才揮了一下，方才還滴著水珠的溼亮長髮瞬間就乾了，泛著淡淡香馨柔順地披散在肩頭，粉白一團的絨毛貓耳慵懶地垂在頭際，整個人都甜甜的。

「這個還是我自己來吧。」眼看著景琮握著她的腳接過宮娥奉上的巾帕，喬宓哪敢讓攝政王真的幫她擦腳，奈何景琮躲過了她的手，捏著嬌白的腳踝，很是耐心地擦拭起圓潤可愛的蓮足。

「以往又不是不曾幫妳擦過，乖一些。」誠然，自從能化形後，十有六次沐浴後都是景琮為她擦拭，不過今日她也不知是怎麼了，總覺得有些忐忑，抿著丹唇，偷偷的瞄了瞄身前的人。依舊是那副高傲俊美的姿態，倒是寒冽的眉宇間隱約有幾分融化的痕跡，溫柔得可怕，「王、王爺，你今日……心情很好？」

換了一隻小腳放在懷中輕拭，景琮的目光一直落在如珍珠般飽滿誘人的腳趾間，唇角微揚，「很好。烽燭的大軍已經搗入殷東魔族，不出幾日便能將那踏平。」

原來是打勝仗了，喬宓舒了口氣，狡黠的眸子眨著，攏了攏隨意裹在身上的巾帕，軟軟笑道：「這樣啊，恭喜王爺。」

正巧景琮擦完了她的腳，擒住兩隻纖細的腳踝一扯開，整個人欺了上來，棕瞳中透著絲絲情欲，從胸腔發出一陣笑來，輕啄著喬宓的桃頰，「既然要慶賀，小貓就拿自己來吧。」

自那次原形交合後，兩人就再未歡愛過，養了這幾日，喬宓早已恢復如常。她柔順地被景琮推倒在榻間，呼吸間盡是雄性強勢的氣息，被他咬住了耳朵不禁紅了臉。身上的厚實絨帕早已亂開，露出精緻的鎖骨來，半現的渾圓雪乳粉暈嫣然，撩撥得景琮張口就含上去，大力地吸吮舔弄，直咬得嫩嫩的肉尖酥癢發硬。

「呀！別吸~好癢。」這才啃了沒幾口，喬宓的聲音就嬌軟得不像話了，聽入景琮耳中，無疑是肉欲的召喚，一邊吸一邊揉，全然不給她拒絕的機會。

「唔啊~」巾帕被扯了開，方才沐浴過的嬌軀還散著馨香，微粉的玉肌軟嫩可口，就算景琮控制力再強，此時也不免被這身嬌肉吸引。

「本王倒是愈發離不開妳這小貓了。」大掌撥開纖長的秀腿，毫無遮擋的私處如牡丹花般豔麗，光潔無毛的陰戶泛著柔光，長指劃開含苞待放的花縫，蒼勁分明的指節就插進了蜜口中。喬宓後背一顫，緊致的內壁立刻吸住手指，溫熱的穴肉還未被挑逗就生了水。

「溼了呢，癢嗎？」景琮輕笑著吻了吻喬宓的唇瓣，刻意將蜜穴中的手指屈了幾分，喬宓被頂得敏感縮動，芊芊十指不禁抓住了他的衣襟。

待到手指拔出，換了更大的東西插進去時，緊密的花肉被撐得一陣痠麻快慰，溼濡淫滑亂顫，碩大的肉頭狠狠撞在了最深處，插得喬宓嗚咽著弓起了身來，「啊！」

景琮的朝服才褪了一半，朱紫金線的蛟龍華袍堆在腰間，下身緊連著少女的花穴，連番抽動了十來下，就將喬宓從床上撈了起來，固定著她跨坐在大腿間，「幫爹爹把衣服脫了。」

這般姿勢讓大肉棒插得實在太深了，頂坐在巨根上，喬宓早已渾身嬌軟沒了力氣，隨著景琮輕緩的顛簸，急促地呻吟著，嫩白的十指扣在玉帶上愈解愈亂，「不、不行~嗚嗚~插、插得太深了。」快要搗入宮口的龜頭頂得快感在脊骨處往上竄，被撐到極致的花肉吸附著巨龍炙硬的棒身，更是舒爽不已，小手哪還使得上力氣去解衣服。

「沒用，弄了妳這麼久了，還是如此經不住。」看著喬宓緋紅一片的臉，水眸迷濛、一副失神承歡的樣子，掐住她蠻腰的景琮稍稍用力，竟然掐著她在肉柱上轉了一圈，將人背對入懷，推到了床頭。

「啊！！」在肉棒上擰了一圈的溼濡花肉不停絞緊，喬宓被刺激得全身顫慄，眼淚都爽出來了，尖聲叫喊著就被景琮按在了床頭，以後入的姿勢狂猛地入弄了起來。

金紗帳幔內的龍床上，魚水之歡的淫靡氣息漸濃。幽深的花房蜜道，被男人從後方一次一次搗到底，回回撞得喬宓往床下滑去，景琮只得抓著她兩隻瑩白的腳踝，撐開腿縱腰頂上。

「嗚嗚！不、不要了～啊～」少女嬌細的泣哭反倒增長了景琮的欲火，棕眼緊盯著那不斷被撐開的粉嫩花縫，淫滑水潤的密穴被攪得火熱一片。

「小貓夾得這般緊，還喊不要？是想要再快些吧。」

大概是快被插到高潮了，含著粗大肉柱的花穴愈發艱難地張合，喬宓勉強抓著床沿，承受身後的衝力，絞緊抽搐的花肉已然被巨根幹得痙攣。

「唔嗯～到了到了！別進了，嗚～」小腹內痠麻一片，粗壯硬碩的大東西卻進得愈發快速，喬宓尖叫著不停顫慄，挺翹的臀被抬高了幾分，自穴中搗出的淫水在腿間四濺，亂竄的快感爽得她六神無主，浪聲連連。

「啪啪啪！」清響的水聲中，兩人的下身緊貼得無一絲縫隙，景琮箍緊她的蠻腰，對準宮口發起最後衝刺，激烈的高頻率重入，「啊！」將近百來下後，最後一次插入，大龜頭終於成功闖入宮頸。景琮俯身將喬宓壓在身下，低吼一聲，本能地咬住了她的後頸，在重重炸裂的極致快感間，將濃灼噴湧而出。

射精洶湧不止，被咬住後頸的喬宓承受著精水沖襲，驚人的分量燙得她在景琮身下可憐地細碎嗚咽，雪白的細頸間，全是他滾滾迫人的氣息，絲毫不給她掙扎的機會。待兩人都平復了些，景琮才離開喬宓的體內，抱著軟成泥的少女在大床上一滾，將人放在自己的胸膛上，寵溺地撫摸著她的腦袋。

「舒服嗎？」趴在他精裸壯碩的胸上，喬宓的耳朵正好貼在心房處，聽著強而有力的震動，虛虛地點了點頭，額間的香汗隱約順著髮梢落下。瞧著她這副被疼愛過度的模樣，景琮便大笑開來，擒著她嫩白的小手湊在薄唇邊吻了吻，順帶含住一根纖細的手指輕舔，「歇歇吧，等會繼續。」

回應他的是少女忽而急促的芳息，鋪灑在胸前，癢得他的心都亂了幾分。

第二十八章

翌日，承寵一夜的喬宓走起路來腳下都帶著幾分漂浮，踩著景琮早上親手替她穿上的繡花嵌珠宮鞋，走在景臺的梅花廊道上，看著站在盡頭處的蒼啟，她糾結地咬了咬粉唇。

「果果。」喬宓窈窕的身影才出現，蒼啟就迎了過來，他的神色有些不善，一把擒住了喬宓的手腕就冷聲詢道：「妳與景琮究竟是什麼關係？」

他的目光慍怒，頗有長兄的氣勢，喬宓一時被他驚住，想起夜麟那副恨不得吃了她的可怕架勢，她狡黠的眼瞳轉了轉，「就是你打聽到的那樣，以前的事情我都不記得了，在景國這三年我過得很好，所以對不起，我不能跟你回夜國去。」更不可能和夜麟扯上任何關係，她確實打從心底害怕他。

蒼啟俊朗的濃眉緊鎖，像是不可置信地看著喬宓，「可是妳是我們司命族的聖女啊，況且妳和太子的婚約並沒有解除，怎麼能嫁給景國人？而且還是嫁給景琮，父親不會同意的！」哪怕是蒼驊同意，司命族的族人也不會同意。以前找不到聖女也就罷了，現在既然人找到了卻不嫁進宮中，如何說得過去，更重要的是夜國皇室也不會善罷甘休。

眼見喬宓低頭不語，蒼啟繼續說道：「果果妳還小，失憶後什麼都記不得，依賴景琮甚至喜歡他，哥哥都理解。但是妳必須跟我回夜國，給父親和族人一個交代。」

「我可以跟你回去一趟，但是我和夜麟的婚約能解除嗎？」景琮早就料到她身分有異，卻一直避而不談。他能接受她是司命族的人，但是鐵定不會接受她有婚約，所以她必須想辦法解除婚事，到時候再和他說回夜國的事情，也不是不可能。

蒼啟的面色複雜，握著喬宓的手也鬆開了，頗是懊惱地嘆了口氣，「這事恐怕有難，昨夜太子招我前去，他的意思是想回夜國後立即迎娶妳。」

喬宓大驚，「不行！」夜麟明明知道她和景琮裴禎有那層關係，竟然還想娶她，只能說明此人之可怕。她現在只恨不得離他愈遠愈好，哪還聽得迎娶這兩字。

「果果妳聽我說，若是前幾年由父親出面解除婚約倒是可行，偏偏如今夜國全被太子掌控，哪怕是傳授天意的司命族也阻擋不了他。我太瞭解他了，他想要的東西從來都不會失手，妳明白嗎？」

不用他說，喬宓也能看出，夜麟在某種程度上和景琮是一樣的，典型獨裁專制，控制欲極強。她斂眸思忖道：「那又如何，這裡是景國。」

喬宓越過蒼啟就往景臺下跑去，心亂如麻煩不勝煩，若是知道能惹出這麼個哥哥來，那日她說什麼都不會去重華宮的，可惜世間沒有後悔藥。出了景臺的宮門，她轉身準備往宮學走去，卻在琳琅聳立的假山處被人一把拽進了幽黑的石洞中。

喬宓嚇得不輕，尖叫聲卻被一隻大掌急促地捂在口中。她嗚咽著抓住那隻手掙扎，不過很快就不再動彈了。緊捂著小嘴的指腹溫潤而修長，散著淡淡蘭草香，這樣讓人心安的味道，她只在一個人身上聞到過。

「子晉哥哥？」大掌緩緩撤開，喬宓試探性地喚了一聲，只覺腰間箍著的手臂也鬆了幾分。漆黑中耳際盡是男人沉重的呼吸聲，卻沒有半分危險氣息。

「嗯。」還真是裴禎的聲音，喬宓微愣，就著他的手臂轉過身俯趴在他懷中。奈何石洞中的光線太暗了，根本無法看清他的臉，只能依稀看見一個輪廓。

「嚇死我了，你怎麼在這裡?還……」這般突然襲擊，顯然不是裴禎平時的作風。

裴禎似乎也意識到自己這樣的舉動不妥，安撫地拍了拍喬宓的後背，清聲微涼，「小喬，方才我聽見妳和蒼啟的對話了。」察覺懷中的少女驀然一僵，裴禎便將她攬得更緊，略略沉吟，「放心吧，我會保護妳的。」

喬宓愕然過後就抿著嘴甜甜一笑，將臉深埋在裴禎的懷中，這一刻心甜如蜜，所有的糾結和慌亂似乎都消失了，「子晉哥哥，你真好！」

緊緊環著喬宓，裴禎稍稍低頭，溫熱的唇便輕輕吻在她的額間，隱著一絲小心翼翼的柔情。她不會知道的，為了她，他什麼都願意做，「小喬，跟我去個地方吧。」

喬宓蹺課了，她偷偷跟著裴禎去了北宮一處僻靜的宮室。大概是廢棄了太多年，青瓦高軒的宮殿很是殘敗，唯獨庭前的一片楓林，燦紅得美極了。

「哇！這裡的楓林比炤令苑的還漂亮！」成百上千株的紅楓茂盛，地間落滿了厚厚的楓葉，踩在其中便是一股不可思議的軟綿。裴禎拉著喬宓慢慢深入楓林，一陣稀窸窸窣窣的響動中，帶著她坐在了地上。

「小時候入宮誤入了這裡，才知紅楓亦能美如此，往後秋節閒暇時便偶爾來走走，別有韻味。」喬宓坐在他的腿上，把玩著撿來的楓葉。她抬眸看向微微含笑的裴禎，清貴的俊顏如染暖光，點點柔和迷惑得她的心都跳漏了一拍。

「子晉哥哥，你真好看。」她將楓葉放在裴禎的頭上，他也由著她胡鬧，摸了摸她束起的茸茸貓耳，溫然道：「小喬也好看。」喬宓立刻笑咧了嘴，嬌俏地在他懷中蹭了蹭。不再一本正經訓她胡鬧的裴禎，真是妙極了。

「方才聽妳說全然不記得以前的事情了，小喬可以告訴我，當年是如何遇見景琮的嗎？」裴禎順了順她的瀏海，看著少女清澈的明眸如此問道。

「三年前啊，當我醒來時就發現身處雪山，天寒地凍中有幸遇上了景琮。當時他幻化了原形在山中，將我叼回了洞裡，過了一個月他回朝時就將我帶回宮來。」

後來喬宓問過景琮，為何當時要將她叼走？高傲冷漠的攝政王莫名一笑，只說看她可憐得好玩，難得發發善心。

「原來如此。」裴禎稍顯意外，更多的則是慶倖。能讓景琮一時興起救回，真的是萬年難遇的機緣，幸而喬宓遇上了，「夜國的事情真的都不記得了？」

喬宓不停點頭，她根本不是蒼家的果果，以前的事情當然不知道。少女的粉唇輕撇，「蒼啟說我和夜麟有婚約，一旦身分洩露的話，我可能……子晉哥哥，我不想嫁給他。」

裴禎溫潤的面色一沉，「夜太子此人深不可測，哪怕如今身在景國，只怕也未必有懼。最近妳且注意些，萬不能落單，後面的事情我會打點。」

即使只打過幾次照面，裴禎也能清楚分析夜麟的為人，如今必須防著他私動手腳。看來，他有必要見見景琮了。

第二十九章

果真如裴禛所料，夜麟絲毫不覺得身在景國有必要收斂，往後好幾日都在去宮學的路上堵喬宓，弄得她一連換了好幾次路線，卻總是能遇上陰魂不散的他。

「你到底想怎麼樣！」晨間下著小雨，青瓦龍簷簌簌滴落著雨水，而喬宓正被夜麟按在宮牆上。天氣轉涼了幾分，今日她批了大氅，雪色的絨毛嵌邊圍著巴掌大的小臉，襯得粉頰桃紅嬌嫩，連帶著怒目相視的眼神也軟萌得可愛。

夜麟捉住她抵著自己胸前的素手，湊在薄唇上輕咬，邪魅的唇弧勾勒著幾分妖嬈。喬宓被他咬得指頭生疼，蹙眉抽氣。

「果果當真是無情，孤一連這些日子都忙著和妳培養感情，妳感覺不到嗎？」喬宓厭惡地冷哼，素白的手指頭已經被夜麟吮得發紅了，剛想掙扎就被他進一步壓在堅硬的宮牆上。

「你放開我！我和你沒有什麼感情好培養的！」平時對著景琮和裴禛，她大多時候都是乖巧嬌萌的模樣，偏偏遇到夜麟時，整個人似乎變身成小刺蝟，恨不能刺他一身窟窿。

奈何夜麟的臉皮太厚，絲毫不在意喬宓的惡言相向，甚至笑得開懷，「乖，妳註定是我的太子妃呢，如今不好好培養一番，往後床榻歡愛只怕妳會放不開。」

喬宓緊咬銀牙，氣得小臉漲紅，「無恥！」

「無齒？那這是什麼？」他刻意曲解她的話。

「啊！」喬宓忍不住痛呼一聲，她實在低估了夜麟，眼睜睜看著可憐的小指被他咬得齒痕深印，氣得眼圈都紅了。

眼見喬宓氣哭了，夜麟這才收斂幾分。他往後退了小半步，將抵在宮牆上的喬宓鬆開，看著只到他胸前的少女，嬌嫩粉白的臉撩撥得他心癢如麻，只是那半掛在彎彎長睫上的晶瑩淚珠，竟讓他微微出了神，有些不知所措。

「不許哭。」他的語氣忽而有些凌厲。喬宓似乎被他這一聲嚇著了，立即哭得更厲害了。明明不想哭的，可是那眼淚經不住撲簌簌地往外落。夜麟俊逸的眉頭立時緊鎖，伸手想要為她擦拭，奈何被佳人躲了開。他更加無措了，心頭難得煩悶異常，也說不出是怎麼了。

「別哭了。」這一次他的聲音柔了幾分，磁性悅耳卻仍舊安撫不了哭泣的貓女。青雨下得更大了，宮簷上的雨水嘩啦啦地落個不停，卻不及喬宓的淚淌入了夜麟心頭，讓他愕然。一連幾日的堵人，他愈發喜歡喬宓，可惜她似乎並不是那麼喜歡他。

喬宓驚詫地看著夜麟陡然離去的背影，是高大挺拔賦予王者的威儀。這麼多天來，他還是第一次主動先行離開。擦了擦一臉的淚水，她癟嘴輕笑，水霧泠泠的眸中滿是狡黠，「看來，也不是那麼壞嘛。」

可是事實證明喬宓還是太單純了，往後的幾日，依舊不時遭遇夜麟的圍堵。他的態度也愈發奇怪，好幾次牽著喬宓的手，邪氣的眼裡寫著看不懂的情愫，讓喬宓心驚膽顫。幸而大多時候都有蒼啟跟在他身後，夜麟並無過多的異舉。

這事終究傳進了景琮的耳中，景國的帝宮遍布他的耳目，甫一聽聞夜麟日日如此放肆地糾纏喬宓，他便冷笑著扣住喬宓的下顎細看那張臉。

「王爺……」喬宓的下巴小巧玲瓏，被景琮掐得生疼，嫩白的肌膚都紅了一片，凝脂白玉的小臉上寫滿了不解和驚疑，水亮清澈的眸輕眨，下意識握緊了手中的帝璽。

「小宓兒最近愈發漂亮了，連夜太子也免不了上心了呀。」少女的五官姝麗妍美，確實比剛化人形那時要美了很多。彼時的青澀，如今也慢慢轉為嫵媚，明明天真純淨的眼，忽閃輕動間卻是說不出的動人心魄。不過喬宓再如何好看，景琮也知夜麟那般的人肯定不可能只看上了她的美色。

「說吧，妳與夜麟是什麼關係。」他甚至不用疑問的口氣，直接肯定了兩人的關聯，高傲冷漠的面龐似笑非笑，看得喬宓小心肝緊張地都扭成一團了。

喬宓咬著粉唇踟躕不言，景琮乾脆丟了手中的蟠龍御筆，摺子都不批了，將她打橫抱入懷中，泛涼的指腹輕揉著她髮鬢下的耳垂，極其耐心地等待著。

「乖，慢慢想，想好了再告訴本王。」他的不以為然卻敲響了喬宓的警鐘，若是有半分隱瞞的話，只怕後果誰也擔不起。喬宓急得手心都發汗了，縮在景琮的懷中恨不得找個洞藏起來。聽景暘上次說的，景琮肯定記恨著打敗過他的蒼驊，作為仇人的女兒，他會饒了她？

「王、王爺，我現在還沒想好該怎麼跟你說，可不可以，再給我些時間……到時候我一定好好跟你說。」到那個時候，她希望夜國使團已經離開了景國。她倒不是為夜麟著想，而是因為蒼啟身在其中，她占了別人妹妹的身軀而活，當然是要保護他幾分，更別說蒼啟這個哥哥確實不錯。

景琮臉上的笑意漸濃，可是眼底並沒有半分暖意，棕色的寒眸深邃如百丈冰潭，涼涼的幽光閃逝，掠過喬宓心虛的臉，散出無聲的威壓和陰惻，「既然不願意說，那就不要說了吧。」

一直緊張著的喬宓，聽了這話不禁鬆了口氣。難得他如此通情達理，她粲然一笑，以至於忽略了景琮的詭異神情，直到被他一把扔在龍案上時，才知道他生氣了，「啊！」

放滿奏摺御冊的赤金龍桌寬大無比，卻又堅硬得令人發痛。喬宓猝不及防被拋上來，摔得腰疼不已，無措地看著站起身來的景琮，「王爺你要做什麼！」

卻見景琮大手一揮，凌厲的勁風颳過，金龍案上的奏摺淅瀝嘩啦就落了一地，響聲繁雜，大殿外的宮人立刻將宮門合上，「碰」的一聲，隔絕了所有。這次景琮連脫衣服的心情都沒了，彈指間裹著厚實衣裙的喬宓就精光赤裸，不著寸縷地躺在冰冷的赤金書案上，冷得瑟瑟發抖。

「不要，這裡是御龍殿。」歷代皇帝處理政務的宮殿，肅穆莊嚴，怎麼能在龍桌上做羞羞的事情。喬宓瞬間就想要變回原形，卻被景琮一指點在額間，一股巨疼後，她的修為被暫時封住了，根本無法自由變換。

這才驚覺危險要來臨的喬宓，嚇得趕緊大喊：「我錯了我錯了！我現在就老實交代！別弄我～」

景琮卻緩緩伸出一指壓在她的粉唇上，薄唇微挑，「噓，晚了。」

喬宓裸身躺在桌上，軟軟的哭聲都不敢太大。早知道景琮不好唬弄，剛才就不該一時不經大腦說了假話，上次裴禎那件事被他用原形做得幾日都回不了神，今天不知道他還會怎麼罰。

「王爺你別這樣，我害怕！」嬌弱的芊芊後背貼在冰冷的桌面上，凍得她說起話都顫得厲害，兩條秀腿緊繃著垂在桌沿下，被景琮的腰身分開合攏不上。

「害怕？」細長的手指往下撥了撥她的花縫，只見粉嫩的蜜唇軟肉縮動，指頭點在花口淺處，便覺其中淡淡溼濡膩滑，景琮冷笑，「這裡可一點都不害怕。」

喬宓方才刷白的小臉瞬間漲紅，瑩白的膝蓋上揚將腿心併緊，卻不小心夾著景琮的手指插入了幾分。生硬微涼的指腹摳在嫩肉上，她禁不住輕吟了一聲。

「這是，這是自然反應！」她這身子連原形交媾都承受得了，早已禁不住任何挑逗，蜜水總是充沛得可怕。

「腿張開。」景琮拔出被她夾在穴裡的手指，接著「啪」的一聲清響，大掌稍帶勁道地拍在小屁股上，嫩白的嬌臀頃刻紅了一片，吃疼的喬宓趕忙乖乖分開腿。他掐著一雙細細的腳踝往桌上放去，擺成任人採擷的大開姿勢，玉門微微朝上，嬌小的漂亮花縫比剛才又溼亮了幾分，散著淡淡的香味。景琮併著雙指，輕而易舉地插進花口，再拔出時，指尖全是水液。

「妳這貓是愈發浪了，打打屁股也能淌水出來，瞧瞧這麼黏。」他將雙指湊在喬宓眼前，分分合合間，自穴裡帶出的黏液被扯出了絲絲縷縷的透明銀線，好不淫浪，喬宓被羞得連忙閉上眼睛。

景琮卻不打算就這麼放過她，沾滿蜜水的手指直接蹭在她的櫻唇上，在喬宓猝然睜眼想說話時，雙指猛地塞進檀口。

「唔！不……」攪動的速度不比插穴緩幾分，全然不給喬宓說話的機會，雙指靈活，不時摳弄著她齊整兩排的銀牙，又夾著她的妙舌把玩，直弄得小嘴裡香涎橫淌、嗚咽不斷。

手指甫一抽走，不等喬宓呼吸新鮮空氣，景琮的唇就重重壓上來，帶著掠奪一切的霸道，狂妄發狠地侵犯著她的小嘴，凸起的喉結微動，頃刻就吸乾了她口中的溼意，大舌依舊不依不饒地在乾燥的唇舌中蠻橫攪弄，嗆得她眼淚直流。

藕白的小手起初還能抵在他的肩頭推揉拍打，隨著霸吻愈發激烈，漸漸地失了力氣，到最後更是軟軟滑落在桌間，不再動彈。

「妳從來都不相信我，喬宓妳這個自私的騙子。」景琮紊亂的沉重呼吸帶著股股危險的熱浪，一下一下地鋪灑在她巴掌大的小臉上。她的無措，她的驚恐，在他看來都是謊言。

儘管他們已經有了最親密的接觸，她卻從來都沒信過他，更算不上愛。可悲的是，睬著天下人、掌控生殺大權的景琮，卻已經不知不覺淪陷了，這叫他如何甘心……

窒息的吻終於結束，喬宓急促地吞了幾口氣，煞白的小臉才恢復了幾分紅暈。她迷茫地看著不一樣的景琮，那對棕色寒瞳中竟充滿了憤怒和落寞，這讓她驚愕不已。

「妳愛我嗎？」他突然這樣問道。喬宓愣愣地看著他，似乎不敢置信會從景琮的口中聽見「愛」這個字眼。強大無情如他，也需要這麼虛無縹緲的口頭保證？那麼，她愛他嗎？

久久的沉默，無聲地給了景琮一個沉重的回答。他的雙手撐在喬宓的臉側，兩人面對面咫尺相近，卻已遠是天涯。

他忽然大笑起來，棕瞳裡浸滿了悲涼，「裴禎呢？那妳可愛他？」無情無心高高在上的王者她不愛，那麼溫潤和煦的裴禎，她便愛了？愛裴禎？喬宓的眼神閃爍起來，愛究竟是什麼？如果只是某一秒的怦然心動，抑或是發自內心的依賴和喜歡，那這樣的感覺她對景琮和裴禎都有。這算是愛嗎？

「我……」可惜景琮沒有給她說話的機會，他以指封緘她的唇，笑得異常陰森，凌厲的眼神幾乎看穿了喬宓整個人，內心深處滿是無奈和憤懣。

「哈哈，三年前遇見妳，便是我劫難的開始，不愛就不愛吧……」最後的話音已是低迷喑啞。說完這句話，他將呆愣的喬宓抱起來翻轉過去，讓她趴在桌上。炙熱的薄唇不顧一切，親吻啃咬著她的後背，光裸的纖柔玉肌不多時便被他咬得寸寸紅紫，隱約透著血絲，嚇人極了。

「啊！」凌虐般的痛楚讓喬宓忍不住尖叫，下意識地咬住了自己的手指，疼得倒抽冷氣，渾身僵硬地乖乖趴在桌上，任由景琮高大的身軀強勢遮蓋在上。欺霜賽雪的柳腰嫩臀被掐著咬著，巨碩的肉頭抵上花縫時，喬宓已經意識迷濛。抽搐的嬌嫩媚肉被巨根陡然分開，炙硬粗大頃刻侵入，水潤的花壺被迫承受著生猛的插入。

「唔～」喬宓無意識地輕嚀，自身後撞入的肉柱燙得她小腹絞緊，儘管承歡了這麼久，她依然適應不了這股巨碩填充。

撥開她無力甩動的貓尾，景琮毫不憐惜地掐住蠻腰，大力衝擊起來，那一腔無處安放的愛意和憤怒，被他用最大的力氣狠狠灌入喬宓的體內。硬碩的肉頭高頻率搗弄在宮口上，被猙獰棒身不斷摩擦的軟肉內壁也漸起波瀾，溼熱的水漬波波傾瀉，終於讓景琮的速度緩了一些。

他一邊大力地挺動著腰身，一邊撥開喬宓耳邊溼濡的長髮，薄唇輕咬在玲瓏的耳垂上，帶著絲絲情欲沉重地嘆息著，「不愛就不愛吧，我愛妳便好了。」

被粗大肉柱貫穿的喬宓本能地嗚咽高昂，卻依舊閉著眼睛醒不過來，在景琮聲聲嘆息後，她無力搭在桌上的手指，快速一顫……

第三十章

喬宓被綁架了，一覺醒來便身在行駛平穩的華麗車廂裡，映入眼簾的是夜麟那張討人厭的邪魅俊臉，她迷茫地眨著眼，似乎還有些回不過神，

「說過帶妳回夜國，現在就走吧。」也不知道他用了什麼法子將她從宮裡偷了出來，竟然還順利出了城，走了兩天都未見追兵。喬宓的心一時間沉到谷底，依稀記得那日景琮凝重的神情——不愛就不愛吧，我愛妳便好了。她聽見了他的話，他是不可能放棄她的。

「等著景琮來救妳？別想了，本太子有辦法將妳帶走，自然也有辦法讓他追不上，妳註定要跟我回去。」夜麟一襲墨龍錦袍在身，在夜明珠的暖郁光輝下，襯得面色邪肆俊美。他一手撐在鵝絨真絲軟墊的寬大車座上，一手朝躺在其中的喬宓伸去，挑起一縷青絲在指尖戲謔纏繞。淡淡的髮香透著玫瑰的芳息，好不誘人。

喬宓明眸微動，軟聲冷哼，「你將我這樣偷走，是不想和談了？」

半陷在錦綢中的少女面頰粉透，如瀑的青絲在月色的繡花引枕間散亂，一雙貓耳警惕

地豎立，配上那雙黑曜石的水晶眸，倒讓夜麟感到幾分恍惚。不過，她眼中的厭惡終究是讓他不悅。

「和談？本就無和談之心，又何須繼續呢。待過了冶狼城，夜國大軍便會踏平南洲，遲早有一日這景國也得歸我。」夜麟毫不掩飾野心，和談之事本就是個幌子，景琮在防他，他亦防著景琮，本沒打算這麼快撕破臉，但是他實在是忍不住想帶走喬宓了。

清美的臉頰被他的手指輕捏著，喬宓蹙眉便揮手拍開，嫣然一笑道：「幸好你跑得快。」

「什麼意思？」他危險地瞇了瞇眼。

「你以為景琮會不知道你的小計謀，若是你再遲一兩日不走，說不定人頭都掛上城牆了。」跟著景琮久了，喬宓也學了幾分他的作風，絲毫不懼夜麟的威壓，慢聲冷笑著。

夜麟幽瞳一沉，扼住了喬宓的桃腮，細嫩的粉唇被他掐得微張，只見唇下玉白的皓齒齊整，嫣紅的妙舌在口腔中輕動，「倒是沒看出來妳也能這般牙尖嘴利，莫不是吃多了景琮的口水，不如嘗嘗孤的？」說罷，他俯身朝喬宓逼來，方才還能鎮靜幾分的少女，瞬間就破了功，手腳並用地掙扎了起來，尖呼不斷。

「不要！你走開！」她無比害怕夜麟骨子裡散出的危險氣息，和景琮的強大不一樣，他的危險來自於未知，似乎隨時能將她連人帶骨吞噬。

幽寒的薄唇終究是停在了櫻唇之上，夜麟看著喬宓溼潤的眼眶，清淚漫過精緻的臉頰，讓他再度煩悶抑鬱，冷哼著鬆開她，起身坐回原處，理了理金線繡龍紋的衣襟，墨眸中一片陰鷙。

「不許哭！再哭就不只餵妳口水了，哼！」清若秋水的貓瞳一怔，喬宓連忙擦了擦淚珠，撐起痠軟的身子迅速往車座的角落縮去，警惕地望著陰沉臉色的夜麟，她覺得自己可能知道了一個不得了的祕密。他似乎……很怕她的眼淚？

顯然夜麟也意識到了這點，有生以來第一次懼怕一個女人的眼淚，會因為她的哭泣而無措，會因為她的淚珠而驚慌，這不是個好現象。「鹿死誰手尚且不知呢，走著瞧吧。」

這是在說和景琮的較量？抱著雙腿依靠在飾了硨磲美玉的車壁上，喬宓鄙夷地撇了撇嘴，由此可見夜麟不只霸道狂妄，還是個自大的傢伙。

之後的幾日喬宓乖了不少，知道人在屋簷下不得不低頭，也不敢公然和夜麟嗆聲了。

她不吵不鬧，他也落得無趣，人身安全便有了進一步的保障。又過了一日，連行千里的馬車終於停下。夜麟抱著喬宓下車，她也不知道現在是否還在景國境內，掃了一眼很是繁鬧的街市，還來不及多看就被夜麟用厚實的大氅從頭遮到了腳。

視線被擋令她憤憤地用手打了夜麟的肩頭，卻惹來他狂妄的笑意，箍在腿彎處的大掌微動，一把掐在她的小屁股上，疼得喬宓嚶嚀一聲就不動了。

此處乃是夜麟新建的屋宅，早已在此等候多時的蒼啟從宅中出來，對著為首的夜麟行了禮，「殿下，此處已打點妥當了。」

再抬起身時，目光觸及夜麟懷中那看似嬌軟的一團，蒼啟明顯一愣。縱然被大氅遮蓋得嚴實，依稀也能辯出少女身形來，看著嵌滿珍珠的氅襬下晃動的一雙白狐絨繡靴，他總覺得有些眼熟。

「這是？」認識夜麟這麼多年，蒼啟還是第一次看到他如此抱著一個女人，不禁有些好奇。夜麟散漫一笑，在眾人看不見的衣氅下，又捏了捏喬宓的臀瓣，軟軟的手感幾乎讓他上癮，「乖孩子，見到哥哥都不叫人嗎？」

蒼啟倏然一怔，驚愕地看向撥動大氅的素白小手，果不其然，下一秒喬宓的臉自夜麟懷中憤懣地鑽了出來。

「果果！」唯一讓喬宓值得慶倖的便是蒼啟不知情，他似乎並不贊同夜麟將她這樣偷走。

「這是哪裡？」喬宓被放在了室內鋪滿雪狐絨的大床上，望著頭頂的榴花金紗圓帳，她蹬掉了腳上的繡靴，整個人縮在大氅下，澄澈的眼警惕地瞪著不遠處的夜麟。

「冶狼城，妳不是說景琮早有準備嗎？我倒要看看這冶狼城如何被我拿下。」喬宓曾在御龍殿中看過邊關的沙盤，冶狼城乃是魔族、夜國、景國三界交會的重要關城。一旦冶狼城被破，整個南洲將會分裂，景國必遭大患。

夜麟踱步而來，手中端了一杯暖茶，長臂一揮就將喬宓整個撈入懷中，箍著嬌小的她邪佞笑著，「這幾日乖乖待在這裡，待冶狼城攻下，便帶妳回夜國，屆時妳就是太子妃了。」

「你放開我！」她可不稀罕什麼太子妃的位置，不過夜麟願意在此停留，那麼景琮派人追來的機會就更大了。她憤憤地推揉著他強而有力的肩膀，幾次無果只能乖乖飲著他餵來的暖茶。

「城中天寒，妳元神傷得太重，不要亂跑。」白玉杯中的暖茶霧氣氤氳，嫋嫋縈縈籠罩在喬宓的小臉上，從夜麟這個方向看去，只見那纖長的眼睫撲閃，桃頰生緋，緊貼著杯沿的嫩唇終於恢復了幾分血色，嫣紅水潤如抹了蜜般瀅亮誘人。

受不得寒冷的喬宓正小口小口飲啜著溫熱的茶水，加了金絲蜜的甜水就被夜麟扔到了地上，也不知他是受了什麼刺激，扼住她的下頸就壓了上來。

「唔！」他的舌頭粗糲而強橫，驀然闖入溼熱的檀口中，吮著一嘴的芳甜就大力舔攪，絲毫不理會喬宓的掙扎，將她亂舞的雙腕反扣在身後，更加深入地糾纏起來。唇齒相繞，強勢壓制著嬌柔，男人的沉息中夾雜著少女弱弱的嚶嚀。

「嗚嗚~咳咳！」被大量口水嗆到的喬宓劇烈咳嗽著，浸了水的幽黑眸子恨赧地瞪著夜麟，嘴唇被他咬得一片生疼紅腫，食道裡也不知嚥了多少屬於他的東西。「真甜。」也不知是那暖茶的蜜，還是她妙舌的香，吮在舌尖，竟讓他有了可怕的衝動。

「無恥！下流！」氣極的喬宓口不擇言，奈何用詞匱乏，對著夜麟這種變態一時間也沒什麼攻擊力，反倒還將他逗笑了，冰涼的手指對著粉嫩的臉一陣揉捏，凌厲懾人的眸中全是玩味，「小果果真可愛，我都要忍不住了。」

蒼家的果果不是大名，司命族有個奇怪的傳統，女子須得滿十五之年才能定下名姓，在此之前只能喚小名，這是蒼啟告訴喬宓的。

「說來也巧，母親本姓喬，既然妳失去記憶定下姓名，依父親的意思往後就叫喬宓吧。」蒼啟清冽的話語中滿是眷戀，大概是想起早逝的母親了，看著身側與母親眉眼相似的喬宓，便忍不住嘆息了一聲，「我若知道太子會如此行事，一定不會先行離開的。」

這事只能說是夜麟那傢伙過分機智，他似乎早就察覺蒼啟的異心，知道他疼愛妹妹有了想退掉婚約的念頭，便以戰事為由騙蒼啟先到冶狼城，自己隨後綁了喬宓離開。現在人都綁到這裡了，蒼啟為人臣子也不敢再有第二句話，一切都盡在夜麟的掌控下。

「哥哥，我真的不能跟夜麟回夜國去，你幫幫我吧！」喬宓壓低了聲音，難得被夜麟允許見一次蒼啟，她只能趕緊求救。

「這……」蒼啟猶豫了，看著喬宓滿是哀求的明眸，他攥緊了拳，「果果對不起，哥哥什麼都可以為妳做，但是現在絕對不能放妳走。」

當初夜麟能成為太子，靠的是司命族的天卦，夜國人信奉上古大神，知道他是天選的帝君，哪怕背負了殺兄屠弟的罪名，依舊踏著血路成了儲君。現在夜麟漸漸掌控夜國，曾經助他成事的司命族卻隱然成了他的憂患，若是他有意藉喬宓此事發難，司命族只怕難逃一劫。喬宓有些絕望，若是連蒼啟都不幫她的話，她就真的無路可走了。

「我再傳信回族，讓父親向夜帝進諫，婚事也許還能有轉圜之地。」實在看不得喬宓傷心，蒼啟只能儘量安慰著，「倒是太子，妳且防備著，千萬不要讓他……」喬宓懂了，連忙點點頭。如果她和夜麟有了更近一層的關係，只怕婚事就再無轉圜了。可是，她真的能抵擋得住夜麟那條變態蛇嗎？

這個問題很快在夜間有了答案。

第三十一章

冶狼城是景國邊境三界交集的富庶之地，唯獨一點不好，此地一年到頭皆是冬季。任你踏春而來抑或是盛夏而歸，進了此城也只會看到絮絮白雪，飲著獵獵寒風。

喬宓懶懶地倚在浴桶中攪動著溫熱的牛奶，熏白濃郁的奶香縈繞，一連趕了幾日路的疲勞瞬間去了大半。這才離開幾天，她竟然出奇思念起景琮來，果然還是距離產生美。

泡完奶浴，清洗完畢，喬宓換了一套薄紗長裙，披著絨氅往內室去。燒了地暖的居室裡暖和不已，撩起長長珠簾，她便將身上厚實的絨氅脫了下來，準備扔開。

「你怎麼在這裡！」喬宓驚得不淺，手忙腳亂地用大氅遮在身前，蹙眉看向坐在矮榻上飲著茶的夜麟。光線不甚明亮的燭火下，他俊美的側顏籠罩在一片陰翳中，說不出的狷狂邪肆。

忽而夜麟抬眼看來，墨色的瞳中晦暗不明，喬宓卻被他的眼神嚇得往後退了幾步。這種眼神，她偶爾會在景琮的眼中看見，一般不出半個時辰，她就會被扒光壓在床上蹂躪……

「你、你出去，我要睡覺了。」意識到可能有危險，喬宓說話都有些不流利了。

「那便一起睡吧。」夜麟笑著側身朝向喬宓這邊，大概是方才沐浴過，隨意披了一件黑狐大氅，透露著內裡精胸。他一隻手肘支在小案几上，慵懶地撐著下巴，一手輕輕敲擊桌面，似乎興致很是高昂。

「你！」喬宓的面色倏然發白，知道他不打算放過她了，腳步隱隱朝房門處退去。

夜麟卻站起身，唇弧邪魅，「又想說我無恥下流？看來妳還不太瞭解我，我這人不只無恥下流，還陰險狡詐呢。」

大手一揮，已經退到珠簾處準備轉身逃跑的喬宓，猝不及防地被一股勁風凌空颳起，眨眼間整個人就撞進他的懷中。她尖叫一聲，纖白的小手亂舞著掙扎，修剪齊整的指甲並不尖利，卻硬生生將夜麟裸露的胸膛劃了三道血痕出來。

「嘶，妳這爪子倒是厲害得很，再亂動信不信全拔了？」他擒住她的柔荑，看著那粉透飽滿的指頭，話語很是凶狠。喬宓怔怔瑟縮，明眸裡升起懼意，大概是真的怕被拔指甲。

「放開！」嬌囀的聲音已經有了幾分輕顫，惹得夜麟心癢如麻，鬆了喬宓的小手，扣著她的後頸強迫她仰起素淨的臉來，「本想回夜國冊封後再行事的，可惜妳太不乖了，要不看看蒼啟傳回司命族的書信？我那可截了不少。」其中當然包括讓蒼驊請求夜帝解除婚約的書信。

喬宓悚然睜大眼睛，奈何夜麟太高了，嬌小如她，被扣在他懷中都是踮著腳，這般仰視只讓她徒增了對他的恐懼，微縮的瞳孔中盡然是迷茫和無助。

「這樣就順眼多了。」他笑著將她扛上肩頭，大步朝那張華麗的大床走去，野蠻又霸道地將人拋在一片柔軟中。

沒了絨氅遮擋，透薄的雪紗長裙間，欺霜賽雪的玉肌若隱若現，撩撥得夜麟忍不住埋頭咬住喬宓雪白的脖頸，唇齒間全是一股奶香，腹下燥熱的欲火立刻騰起。

「啊！」細嫩的長頸被他又吸又咬，疼得喬宓嬌呼著在他身下苦苦掙扎。

「不許哭，若是敢哭，現在就幹妳。」稍稍起身的夜麟，染著情欲的眉間霸氣逼人，看著喬宓泛著冷冷水霧的眼，思及自己那怕眼淚的詭異軟肋，連忙狠聲威脅道，嚇得喬宓咬唇，聚滿眼眶的水花硬是不敢流出。

蓄著兩汪清淚的黑寶石貓瞳極美，夜麟一時間不免被迷了眼，控制不住地將冰冷的唇貼了上去。這次不再如之前那般蠻狠了，輕柔的唇舌極富耐心地蠕動，緩緩吸著那淡鹹的水。

喬宓緊閉著眼睛被舌頭舔弄，新奇而可怕的碰觸讓心底漸起酥酥麻麻的癢意，「不要弄了～啊！」她抵著夜麟的強壯胸膛，方才嗚咽出聲，那傢伙就轉而咬住了她髮間的貓耳，軟軟的絨毛被他大嘴吸咬，一股詭異電流瞬間衝上喬宓的腦門。

這一聲敏感的嚶嚀，登時讓夜麟的呼吸沉了幾分，帶著掠奪的強勢動作也更加急迫起來，幽黑的凌厲瞳孔中寫滿了勢在必得的光芒。

「很舒服？」夜麟鬆開已經軟塌的雪絨小耳朵，上面溼濡一團全是他的口水。他輕輕舔了舔，身下溫軟的少女便是一顫，再舔舔，顫得更厲害了。

喬宓小臉漲紅，憤懣不甘地瞪著強壓在身上的夜麟，實在沒忍住，一手又揮在了他的脖子上，兩道血痕乍現。夜麟笑意驟停，下意識伸手摸向頸間，趁著他鬆開鉗制的當頭，喬宓用了吃奶的力氣抬起一腳踹在他肩頭，沒有一絲防備的夜太子直接被她踢下了床。

她前所未有的矯捷，跟著跳下床就往虛掩的窗邊跑，連房門都不去了，打算直接跳窗出去找蒼啟。素白的手指剛剛摸上軒窗，一道紅光耀目閃過，她立刻痛呼了一聲，捂著如同被明火灼傷的手，驚惶地轉身朝後看去……

方才還摔坐在地上的夜麟已經站起來了，凌厲的墨瞳怒火大盛，脫了身上隨意披著的黑狐氅袍，赤裸著精壯上身，一步一步朝喬宓逼來。

「你別過來！」一直被景琮嬌養的喬宓膽子本就不大，遇上夜麟那幾乎要吃人的目光，嚇得縮在窗邊，腿都是軟的。

夜麟長腿長臂須臾逼近，將喬宓整個籠在他的陰影之下，「喜歡往外面跑？我可不介意去外面做，冰天雪地玩起來也別有風味。」說罷就伸手將喬宓提起來，她那鴻羽般輕淺的重量，不費吹灰之力就被夾在腋下。夜麟還當真掀了珠簾，把她往外面抱去。

「不要，不要出去！」先敗下陣的當然是喬宓，眼看夜麟就要開門出去了，連忙尖叫起來。夜麟得逞地邪肆一笑，離了房門邊，將夾在懷中的少女往屋子中央的八仙桌上一扔，隨即欺身而上，「床上妳不喜歡，外面妳也不喜歡，那就在這裡做吧。」

抓著喬宓一雙發軟的秀腿分開置在腰間，大手毫不含糊地去解綁在腰間的珊瑚紅裙帶。燭光搖曳，隔著透薄的雪紗上衫，清晰可見起伏動盪的渾圓飽滿。

「你這個變態蛇精病！我恨你！嗚嗚……你這是強暴！」喬宓不死心推揉著他摸上胸

部的手，卻被夜麟拍開，疼得直咧嘴，只能任由他扒開小衣，將那對玉乳暴露在空氣中蹂躪。

「強暴？我們的婚約都定下三年了，這可算不上強暴，乖一些。」細嫩綿軟的雪乳溫熱，揉玩在掌中險些握不住。夜麟眸光漸亮，上回掛在葡萄藤上，看著裴禎吮吻這對嫩乳時，他就差點被逼瘋了。

如今總算是握到手了，禁不住那團玉白的誘惑，他俯身壓去就用唇舌舔舐。舌頭滑過處，粉圓一片晶瑩，連帶上頭的嫣紅乳尖也被他吸得桃色緋緋。他略帶粗暴的玩弄動作，激得喬宓嬌軀一僵。經由景琮的幾月磋磨，她身子各處都敏感異常，舌頭重撚輕咬間，她咬著唇緊閉起了杏眸。

「唔～」她這一聲輕嗚，直接撩撥得夜麟欲火熾旺，分出一手朝她腿間摸去，隔著凌亂的長裙便在腿心處一陣抓弄，仰躺朝上的玉門被摸個正著，長指不經意間扣在了花核上。

「啊！」自腰際轟然散發的酥癢刺得喬宓倏然抬高了腰，明眸中霧光迷離，看著如狼似虎的夜麟，顫聲嬌喘，「別、別弄那裡！」

夜麟自豐滿的玉乳間抬起頭，目光遊移到喬宓腿間，扣著她的小屁股將人往身下拉回幾分，撥了撥散亂的白紗長裙，食指在微凸的陰戶上壓了壓，「那裡是哪裡?‧這?‧告訴我，這是什麼？」

喬宓漲紅著臉，咬牙切齒地怒視著無恥的他。雙腿被掰得大開，她不願張嘴，他就故意往花蒂上揉，立刻泛起澀澀的疼癢，隨著他愈發快速的摳弄，喬宓的柳腰本能地顫個不停。

「啊啊~唔！」騰飛的快感在腿心間亂竄，男人手指開始百變地摳揉充血的肉珠，不多時只聽見喬宓高昂的一聲尖叫，雙腿抽搐間，緊貼著腿心處的雪紗長裙迅速溼濡了一片。

夜麟玩味一笑，「這般就泄了？」癱軟在桌上，急促嬌喘的喬宓已經羞恥到極點了。刺激的快感餘韻還在盤旋，自穴內升起的奇癢讓她忍不住在桌上輕蹭嬌臀，根本不敢看夜麟的臉。

腰間的裙帶被速速解開了，沾了淫水的長裙被夜麟扔到地上。他掰開喬宓屈起的雙膝，少女神祕旖旎的玉門終於暴露在他的眼前。

人。

「嘖嘖，真漂亮。」他毫不吝嗇地讚嘆著，目不轉睛地看著那嬌小的粉紅花縫，桃緋一片的嫩唇上沾滿了溼亮的水漬，光潔一片的陰部上沒有一根陰毛，出乎意料的嫵媚誘人。

「難怪裴禎那樣清冷的人也忍不住往死裡幹妳。」別說裴禎了，即便是他這會都有些忍不住想幻化本體，將大肉柱插進去，探探這美妙的花器究竟是如何爽快？

他伸出手指撥了撥緊閉的珠玉蚌唇，染了些許溼膩在指尖，將那晶瑩的液體湊在鼻尖輕嗅。淡淡的淫靡氣息讓他胯下發硬，轉而將手指含入口中，「淫味十足呢，我喜歡。」他挑眉邪笑。

喬宓蹙眉羞絕，「變態！」夜麟不以為然地用手指探了探溼熱的花口，媚肉微縮，吸得長指忍不住往裡塞去，「我只吃過妳的蜜水，哪裡變態了？」入了大半截的手指，只覺陷入一片緊致火熱中，輕旋抽動起來都有幾分困難。

「嘖，這麼緊？莫非景琮的虎鞭不行？哈哈，我可比他粗大不少，包妳歡喜。」性事中的夜麟乖戾嘴賤得很，遇到喬宓這般嬌弱的小貓少女，更是抑制不住掠奪欲望，行動起來格外蠻狠下流。

「你滾！」喬宓氣極罵道。

「滾？妳這浪穴吸得這般緊，我還怎麼滾。」動了動插在穴裡的長指，他很是無辜地笑著。好不容易拔了手指出來，他的耐心也沒多少了，解了褲帶放出怒挺的巨根來，「裡頭的穴肉恐怕是早就忍不住了吧？瞧這淫水一浪一浪往外湧，得換個大東西堵住才行。」

桌子不高，喬宓躺在上面，正好能看見他胯下的雄姿，巨龍頂端碩大，形狀彎挺，紫紅猙獰泛著黑，與景琮差不多粗壯，卻出奇勃長，彎曲的弧度極具可怕的殺傷力。喬宓被這根巨物嚇得不輕，撐著手肘就往後退，卻被夜麟扣著腳踝往腰下拉去，按著小拳頭般的頭端抵上緊閉的花心，稍稍往裡一擠，「不行不行！太、太……我不要！」

第三十二章

花口的嬌肉收縮得厲害，他往裡陷入，抵得花心頃刻變形，被迫張開小口艱難地容納他的侵入。眼看著細細的縫被塞成圓狀，喬宓極其不安分地扭著屁股一躲，方才進入大半的肉頭瞬間被擠了出來。

啪！夜麟一巴掌打得嬌臀細肉輕顫，只聽他氣息沉重地狠狠道：「別亂動，又被妳弄出來了。」扶著沾染蜜水的東西又對了上來，夜麟的耐心已然徹底告罄，現在唯一的念頭就是盡根插入那泛著熱氣的花穴，然後……狠狠弄哭她！

「啊～疼疼！」微微泛紅的花唇被肉頭撐得極致盛開，一個用力挺身，巨型的圓端就整個陷入了桃縫中。過度溼潤的溫熱驀然絞緊，硬如鐵物的龜頭也不停歇，直往甬道裡鑽。

「唔！」

率先進入的傘狀巨頭一寸一寸摩擦在內壁上方的肉褶間，一顫一顫地插到了彎折處，異常緊窄的花徑箍得夜麟漸起喘息，「放鬆些，妳這樣夾著，我插不進去～」

卡在恥骨的媚肉上，奇長的巨根就頂不進了。喬宓也是有口難言，吞著那進入小半的粗大陽物，嬌嫩的肉壁本能地夾緊，愈是想放鬆，愈是能清晰感受那炙熱的硬度，讓她忍不住顫縮，「不行不行，你拔出去！嗚~疼！」

都插到這了，夜麟是絕無拔出的可能，只得一手撥開吸附棒身的桃縫，一手去揉捏充血凸起的陰核，用快感來緩和花穴的緊致。立見奇效，陷入甬道的肉頭猛然突破了阻擋，「噗哧」一聲悶響就壓著軟嫩的媚肉往深處插去。看著自己的巨根一點一點消失在少女體內，夜麟說不出的滿足，心頭的欲火燒得更猛烈了。

「馬上就能全部插進去囉，爽嗎？」空縮的幽深花道被漸漸擴充，直到他徹底撞在花心上，喬宓被脹得倒抽了好幾口冷氣。明明是寒意凜然的冬季，此時她卻熱得香汗淋漓。

「到底了？還剩這麼多沒插進去呢。」夜麟挺了挺腰，想將還剩一指長的粗大肉柱全部埋入穴中，小幅度抽動了幾許，緊致的水嫩淫滑爽得他脊骨生麻。

「剛才還說我強暴，怎地吸得這麼緊了？鬆些，都快被妳吸射了。」捏了捏喬宓渾圓的小屁股，將她秀長的雙腿架到光裸的肩膀上，他微微傾身猛力一頂，只見少女那對飽滿的椒乳被撞得搖晃顫動。

「啊啊！」粗硬且彎長的陽物這才操動一下，喬宓就捂著肚子抽搐了，蝶翼般的長睫上掛著淚珠，杏眸緊閉微張著小嘴，脹得話都說不出半句。生疼中伴著撩撥心扉的奇癢，酥酥麻麻在穴底不斷炸開，先是氤氳盤旋在腹間，然後直沖頭頂天靈！

夜麟墨黑的瞳中已是火熱一片，屬於喬宓的美妙他才品嘗到三分之一，寶穴的玄奧緊致絞得他獸性大發，埋頭便是一陣橫衝直撞地插弄，架在肩上的藕白秀腿無助地繃直打顫。

「真舒服！」梆硬的陽柱幹得猛，也頂入得深，次次撞在宮頸上，剩餘的紅紫粗碩還不斷摩著穴口處，只聽身下的八仙桌一陣「咯吱」作響。

喬宓的嬌喘哭啼也被頂得急促起來，掙扎著扭動，「唔嗯～啊～放、放過我……吧！啊～」巨根再次退到花口，然後毫無預警地凶猛插入，撞得宮口微開，淫亂的水聲譁然。

「早就想這麼弄妳了，再叫大聲些，射出來就放過妳～」他不斷地快速挺腰，專往她的敏感處撞去，媚肉綿軟被頂得抽搐，更是插得喬宓在他胯下淫叫起伏，全身玉肌緋紅泛著熱汗，那模樣惹得夜麟腹下更加脹硬。

「啪啪啪！」嫣紅的瀅濘唇肉被扯得外翻，情液隨著巨根的進出而外濺，交媾得厲害時，身下的桌子都有了不穩的跡象。

「嗚嗚～腿疼～啊嗯！穿了，要插穿了！」嬌嫩的腿心被男人的胯部撞得發麻，難耐的喬宓十指緊緊抓著桌上的綢蓋，粉潤的指甲都發白了，那幾乎要被頂穿的可怕深度，早已刺激得眼淚亂飆。

「就該插進這裡，給孤生個娃娃出來，嗯～」他的大手覆在她平坦的小腹上，隨著巨棒不斷深入，那裡儼然有了凸起的趨勢，夜麟故意重擊起來，透著瑩白的小肚皮，清晰可見他的形狀。再往裡去就是女人的子宮了，只要插進去射滿，她就會為他生兒育女……

掐著喬宓亂顫的纖腰，他將撞離胯下的她拉回肉棒上，毫不留情地繼續捅入，撮撮粗硬的陰毛狠狠刺在少女細嫩的花縫腿心，碩大的囊袋也隨之不斷拍打著會陰。

眼看蜜穴被插得情水亂濺，緊熱的媚肉一反常態地劇烈抽搐，夜麟就知道喬宓要到了。他彎腰一把抓住她晃動不停的雪白嫩乳，就凶猛地挺動下身，洪亮的入穴聲混雜著喬宓的尖叫，不過十來下的進出，就將她幹得噴水了。

「啊啊！！」無盡的快感滅頂襲來，喬宓嘶啞著嗓子哭喊著痙攣打顫，爽得連呼吸都錯亂了幾秒，弓著腰泄出股股熱液。隨著肉柱陡然退出，潮湧的淫水也一發不可收拾地噴出穴口，弄得桌子一片水漬淫靡。

待喬宓重重倒回桌面時，周身軟得使不出半分力來，眼花耳鳴了半晌才緩過極樂的快慰，餘光中看著站在自己兩腿間的夜麟，那彎翹的可怕巨根沒有半分疲軟。如果沒記錯，他剛剛似乎還沒射……

「繼續吧，孤的精水妳可還沒吸出來呢。」高高勃起的猙獰肉棒還滴著花穴裡帶出的淫水，夜麟拍了拍喬宓顫抖的小屁股，掐著腰將軟綿綿的她翻轉過身，趴著放在圓桌沿上，準備再次開動。

「不、不要了……」喬宓被爽得半暈，察覺那火熱的巨根又抵了上來，喑啞的嗓音無力哀求著。

夜麟笑著抬高她玉白挺翹的小屁股，撥開垂著的長長貓尾，只見嬌細的臀縫裡滿是香味四溢的蜜水，更不消說腿心間了。就著燭光往下方看去，氾濫的透明液體竟然順著勻長的秀腿往下流去。

「水倒是挺多的，再入入看還能出多少。」已經食髓知味的夜麟緩緩挺身，從後面將肉柱插進甬道。相較仰躺的體位，背入式更顯新奇，他掰著喬宓的屁股縫，總覺得緊窄淫溼的花道又幽深了幾分，嫩軟的媚肉層層吸附。

「唔啊～」勉強踮著腳尖踩在地上的喬宓，稍稍清醒了些，側著熱汗浸溼的臉趴在桌子上喘息，忽而被大肉柱猛烈一撞，嚶嚀著往前一傾，點在地上的粉白腳趾瞬間騰空。「噗嗤！噗嗤！噗嗤！」只見那圓碩的粗大巨龍不斷在少女身後進進出出，大幅度的凶殘撞擊緩了些速度，卻更加深入往宮口頂去。

「小果果那處的花肉真是妙，頂一下便是蜜水橫生，泡得孤都捨不得拔出來了。」大掌禁錮著桌上的纖腰，夜麟舒爽地瞇著眼，胯間的分身猶入仙境，摩擦著水嫩的肉壁，感受著花徑顫顫吮縮，翩然欲仙的妙癢滲入骨髓。

高潮過後的甬道異常敏感，遭夜麟惡意地緩慢抽插，喬宓被塞得浪聲嬌呼，「嗯嗯～呀！快、快些～」痠澀的尿意被撞得隱隱泛起，隨著肉柱不斷搓弄花肉，那感覺愈發濃烈，火辣的燥熱偏帶著要人命的刺激，奈何緩慢的速度總是停留在挑逗上。勾得喬宓漸漸焦急起來，急迫地渴望著重重的頂撞。

「這裡嗎？」夜麟將深入花心的肉頭稍稍退出些，循著喬宓跳動最厲害的那處插去，果然那粉白的小屁股就是猛得一夾，充血的桃緋花唇溼漉漉地抽搐，吸得棒身瞬間發緊。

「啊～對對～快點快點！」這一下頂弄，插得喬宓連心都酥麻了，揪著桌布高昂地媚叫不停。

夜麟勾唇試著往那處敏感的肉上頂了幾次，只見喬宓抖得愈發厲害，儼然是又要高潮的架勢。他不慌不忙抽出些許棒身，就再不往上面頂了，「果果想要就求我呀，喊幾聲夫君來聽，才能給妳。」

正在臨界點上的喬宓急地大哭，「嗚嗚！你這個蛇精病！讓你幹你就快點呀！」這下好了，她這一罵，夜麟乾脆將整根粗碩都拔了出去，花徑沒了堵塞，閉合不上的小洞瞬間湧出大波的蜜液，溫熱沿著腿滴落地面，餘下被插爽的內壁須臾空虛。

喬宓趴在桌子上無措地往身後看去，燭火搖曳間只看夜麟胯下的巨蟒壯觀挺立，泄著水的蜜穴癢得她丟盔棄甲。

「夫君～夫君～嗚！我討厭你～」即便是景琮都很少能將喬宓逼到這個地步，嬌聲泣囀，她沒發現嫵媚聲線中的哀求，對男人是多麼致命勾引。

「妖精。」夜麟喉頭微動，輕笑一聲就將喬宓從桌上抱了下來，也不往內室去，直接把她往地上的凌亂衣裙上一放，提起腰掰開雙腿，呈跪姿趴在地上。

「跪好些，把腿張開。」欲火高漲的嗓音磁性魅人，喬宓全然聽從著指揮，咬著唇乖乖撅起小屁股抬高，等著他再一次深入。

「在景琮和裴禎身下，妳也這般淫亂嗎？」正對著光線的腿心溼膩得全是白濁水漬，微闔的粉紅蚌唇輕顫，蠕動的嫩肉迫切地渴望著巨物衝刺，淫靡騷浪的氣息可見一斑。也不待喬宓反應，夜麟跪在她身後再度將肉柱抵了上來。

寸寸消失在蜜穴中的肉莖更硬了，一插到底就猛烈往喬宓的敏感點上搗，毫不留情地發狠撞擊。

「啊啊！」嬌臀被男人的胯骨撞得生疼，喬宓撐在地上的雙手更是發軟，小臉差點砸到地上，只能尖叫著伏在地上，高高翹起小屁股任由他侵犯。拍擊的水聲嘩嘩，肉體的碰撞怦然，她在浪聲抽泣，他卻屏氣沉息，快感入骨。

最後一次重擊，喬宓直接被撞得癱軟在地，十指扣著地面承受著高潮的狂浪，爽得大腦一片空白。可怕的是，夜麟依舊沒射。

「嗚嗚！我撐不住了，啊嗯～」連續兩次高潮，喬宓已經有些虛脫了，可是仍然逃不開夜麟那根駭人的巨型肉柱。他久入不射儼然成了她的噩夢，整個人被他抱在懷中，跪坐著從下往上頂弄，自花壺中溢出的淫水，早已將兩人身下的長裙弄得淫亂不堪。

「撐不住也得撐著，不弄爽妳，還不知道夫君的厲害之處。」夜麟似乎偏愛背入式的蠻狠，將喬宓背對著放坐在胯上，雙手罩著她的雪乳揉弄，臀間用力將套在肉柱上的她顛簸著。

喬宓哭泣得如同嬰孩般無措，穴內炙硬的肉頭已經頂入了宮口中，稍稍抽動便往宮頸裡點點塞入，「不要不要！！」她瘋狂地搖頭，劇烈地掙扎起來，卻被夜麟牢牢鉗制住。她甚至能清晰感覺到窄小的宮頸，是如何被他緩緩捅開，那個過程簡直刺激得要了她的命。

「別亂動，插進去就射給妳。」話音將落，他往上一頂，頭端頃刻埋入宮中，俯身將尖叫的喬宓重重壓在地上，又是幾個起起落落的蠻幹，忍耐多時的濃精終於噴炸而出。

「唔啊～～～」兩人齊齊出聲，一個是爽快低吟，一個卻是難耐嘶啞，濃灼的精水源源不斷灌入最深處，喬宓被噴得再次高潮。

第三十三章

「啊~夜麟你個變態，你~嗚嗚明明說了，射完就~啊！就不弄的……」喬宓依然被壓在地上，那似乎永不知疲勞的粗勃巨蟒，正有節奏地繼續操動，體裡脹滿了男人射入的精元，花穴裡也全是自己的蜜水，每一次的摩擦頂撞都讓她無比痛苦且無邊快慰著。

「孤可有說射一次就罷了？」方才發洩了一波濃精的夜麟，這會正是興致高昂的時候，箍著喬宓被拍紅的小屁股，對準那情水氾濫的花洞就一陣輕搖猛撞，無恥到了極點。

喬宓被幹得忍不住往前爬，一隻小手捂著滿是精元還被他撞得搖晃的小肚子，跪在地上的雙腿顫得幾乎快撐不住了。

「啊唔~我真的不行了！」幾度高潮的花肉痙攣著緊縮，被迫吞嚥著不斷進出的大肉棒，嬌嬌嫩嫩的花唇已然被幹得嫣紅一片，裹著肉柱的花穴口滿是白濁泡沫。

「不行了？可是果果的這裡還如此緊熱，吸著夫君的東西，拔都拔不出來。」眼看著喬宓往前爬了小半步，深陷花心蜜壺的巨物就脫離出來，奇長的粗大只剩頭端緊緊卡在穴口上。可是任由喬宓怎麼動，那肉傘撐在媚肉中就是擠不出去。

反倒是整個甬道一縮一吸，絞得夜麟暗爽，一雙邪魅的眼盡盯著胯下看，連接著少女私密處的巨根在空氣中輕晃，猙獰的黑紫肉身上，溼漉漉的水光散著淫膩的香味。

「嗚~你快拔出去，拔出去！」碩大的頭端生硬，經歷了幾番高潮的花穴收緊得厲害，一時之間那大東西還真拔不出去了。夜麟挺腰往前一撞，方才胯下還粗長一根的肉柱瞬間消失在喬宓的腿心，只聽她高昂地嗚咽一聲，花壺中就是一陣水聲徹響。

「乖，等把這裡射滿了，就放過妳，這次真不騙妳。」他整個貼在她裸露的後背上，張口含住她鬢角處的香嫩耳垂，聲線低沉地邊舔邊說著。察覺到喬宓的嬌軀顫慄，腰間不斷挺動的力道也漸緩漸快起來。

「不、不可以！那裡、那裡已經好脹了，嗚嗚！會壞掉……」冰涼的手指輕輕摩挲在她微鼓的小腹上，那裡已經承受了太多精水，喬宓實在不能想像繼續往裡插會是什麼結果。

夜麟的舌頭已經慢慢吻到了她後頸上，唇間漫出的熱息洋洋灑灑，周身都極度敏感的喬宓，被他弄得又癢又熱，「放心吧，不會有事的，那裡還能吃很多呢。」輕輕揉了揉她塞滿精水的小肚子，似乎隔著細嫩的皮膚都能摸到裡面的精液在滾動。那可全是他射給她的，運氣好的話，說不定今晚過後那裡就會有他的種了。

他強勁的腰聳動著漸漸加速起來，挺著火熱梆硬的陽物就不停往蜜穴深處的花蕊上搗，撞得宮口微闔，不少精液從裡面淌了出來，在花徑中被肉柱摩擦著。

「啊啊～」喬宓姝麗的小臉上滿是無助的淚，她現在是徹底怕了夜麟，除了翹著小屁股任由他幹，似乎也沒有別的辦法了。只可憐那粉嫩嫩的小嫩穴，被粗硬的巨根撐得好似牡丹盛開，自內溢出的情水灼液更是彷若失禁，從喬宓腿心間流淌了一地。

「啪啪啪！砰砰砰！」親密的肉體肆虐火熱撞擊，小穴內壁層層緊致地吸附著他，寸寸媚肉美妙地隨之律動，一切都讓夜麟愛不釋手，只恨不得連那兩個裸露在外的子孫袋也塞進去，弄得喬宓哭天喊地才是。

「果果小浪貓，真想就這麼弄死妳……嘶～妳還夾我！」夜麟被花心處的軟肉夾得顫動，爽得倒吸一口冷氣，不斷拍打在喬宓小屁股上的陰囊，瞬間就有了射意。千鈞一髮之際，他縱身把卡在水穴中的肉柱忽而拔出，快速將癱趴在地上的喬宓翻過身，仰躺著放在凌亂溼潤的裙子上。

「啊！」淌著花水的黑紫大肉柱還散著炙熱的霧氣，再次闖入漸漸縮回花型的蜜穴，猛然一頂，直接就插進了最深處去，「好了好了，馬上又可以射給妳了～」

喬宓尖叫著掙扎，卻被夜麟拉高屁股、上身按在地上，抽搐的纖白雙腿卡在他的腰盤間，私處朝上被他全根捅進宮內。她抬頭就看見自己的小肚子被插得駭人凸起，無法逃離地承受了第二波精水的衝擊。

比第一次還要多的量，足足射了很長時間，他快慰低吼著，她卻痛苦難耐地弓著身，眼睜睜看著微鼓的小腹被一點一點灌脹。

「多吃些，這裡才能快點懷上我的娃娃。」夜麟一邊射精一邊欣賞著身下的少女，她已經被他蹂躪到極致，嫩白的小肚皮在一眨眼的功夫內，就被精元堵得有如身懷六甲，這讓他有種變態的滿足。

「不要不要……」大腦嗡鳴得厲害，喬宓卻下意識搖著頭拒絕。她想過給景琮生孩子，甚至是給裴禎生，卻獨獨沒想過會懷上夜麟的孩子！

「不要也得要！」他居高臨下以絕對的姿勢狠狠壓著她，欲火還未褪去的眼中厲光閃逝，霸道又蠻狠地說著，便是一個重重的挺腰，尚插在裡面的肉柱震動，撞得喬宓急促地嗚咽一聲，就暈過去了。

「太不經弄了。」這是喬宓第二次被做回原形了，上次是景琮用本體媾和，這次是夜麟一整晚身體力行的折磨疼愛。軟綿一團的貓如絨球般，懨懨無力地被夜麟抱在懷裡，饜足的男人格外神清氣爽，斜臥在錦榻上摸著喬宓順滑的絨毛，又捏捏她粉白垂下的貓耳，裡裡外外都隱約散著屬於他的氣息。

「這麼小一個，抱著挺順手，不如帶妳出去走走吧。」夜麟出自蟒族，天性涼薄生來嗜殺，不喜歡靠近帶毛的活物，唯獨喬宓這小小一團，捧在手心裡愛得不行。

他湊著唇想去親親她的小胖臉，卻被肉肉的貓爪抵住俊臉。看著她水晶貓瞳裡的嫌惡，夜麟不怒反笑，「這麼不喜歡給孤親？那罷了，今日就不出去了，閒來無趣，不如我們繼續昨夜的美事？」

說罷，他的手指就往她額間點來，瞬間翻湧的術法，驚得喬宓在他懷中豎起了毛，翹起長長貓尾齜牙咧嘴地瞪著他，「喵！」滾！

夜麟愉悅地勾唇，劍眉星目徒增一份邪肆，握著喬宓的貓爪，指腹緩緩摩挲著小肉球，

「不想繼續?那便親親這裡，就帶妳出去玩。」他稍稍低頭，用手中的貓爪碰了碰自己的薄唇，「要快些，夫君我的耐心可有限。」

究竟是出去玩還是繼續在屋裡被玩，喬宓氣得牙癢癢，最終還是屈服在夜麟的淫威之下，從他懷中爬了起來，胖碩呆萌的貓臉全然生無可戀往他臉上湊去，淺淺碰一下就迅速撤離。倒是夜麟，被她長長的鬍鬚掃得面龐生癢，厲眸間滿是笑意，大笑著抱住喬宓，只覺癢得心都酥了。

「喵!」喬宓的小貓臉被夜麟蹭得絨毛都亂了，若非怕這傢伙亂來，她真恨不得一爪揮過去，非抓破他這張妖邪的俊臉不可。

「好了，帶孤的小果果出去玩。」幼稚!

講真的，遇到夜麟這樣的人，鬥不過，爭不過，喬宓已身心俱疲，只想靜靜。三國交界的冶狼城極大，夜麟讓侍衛抬著轎子轉了半座城，一路上他都盡指些有趣的東西給她看，起初喬宓還懶得理他，之後卻漸漸被吸引目光，間接不暇地看著外面。

最後夜麟帶著喬宓登上東城樓，彼時天上已經飄著鵝毛飛雪，登高眺望，目及之處層巒疊嶂、冰封萬里，格外恢弘壯闊。

「瞧，那是夜國的方向。」看見喬宓的小腦袋從紫金黑狐大氅裡鑽了出來，夜麟便給她指了指，「這邊是景國。」

寒風夾著飛雪烈烈，夜麟伸手遮住喬宓的貓腦袋，替她擋了擋冷風，修長如玉的五指微並，落雪於上很快化成了小小水點。奈何夜麟是蟒族，本體天生冷血，罩著喬宓小腦袋的大掌冰冷異常，凍得喬宓貓耳微顫，他這才後知後覺地將手退開了些。

「不出十日，我的大軍便會兵臨城下。」這座城很快就會是他的了。睥睨這天地萬物，尚且年少的夜太子眸染霸色，王者之儀盡顯，他的野心即便連景琮都不及半分。

此後的幾日夜麟很忙，新建的宅院一天出入幾波人，偶爾議事的時候，喬宓就在隔了一扇屏風後的胡榻上，聽著他們談及戰事。

「果然如殿下所料，景琮調了翎越密守南洲。」

「如今殷東魔族受重創，烽燭大軍已然轉戰殷北，不知殿下與魔君的協定可還要繼續？」好半晌，喬宓才聽見夜麟玩味地笑道：「當然要繼續，傳書給他，務必引翎越大軍開拔，只需抵擋幾日，待孤奪下冶狼城，便會幫他。」

又有一人答話：「殿下此計甚妙。」

妙？喬宓可沒聽出任何處妙，待人都走光了，她才好奇地跑到前廳，看著桌上的茫茫沙盤狀似不經意地問道：「你早就和魔族商量好了?當真會幫他們？」他會有這等善心？和夜麟相處多日，喬宓已摸清此人最是奸詐無情。

夜麟慵懶地倚在隱囊上，看著喬宓撥動沙盤擺位並未阻撓，狂傲一笑道：「果果倒是不笨，這冶狼城我要，至於魔族嘛，早是無用的棋子了。」之前夜麟和魔君做下的協議是由魔族拖住景琮的兩路大軍，夜麟的大軍趁機奪下冶狼城乃至南洲，這塊富得流油的寶地他們平分。

可惜魔君實在低估了夜麟的狡詐狠毒，如今殷東魔族已散，剩下殷北馬上就要面臨兩路景國大軍，魔君就算能撐滿一個月，也未必能等到夜國的援軍。而那時，夜麟已經獨得了冶狼城。

喬宓確實被夜麟的算計驚到了，只怕那魔君到現在還沒發現自己被耍了，還巴望著幫夜麟做擋箭牌，做著平分南洲的美夢呢。這計果然妙。

第三十四章

如夜麟所言，未出十日夜國十萬大軍兵臨城下，戰備只有三萬餘人的冶狼城，當然是抵不住的。那一夜大雪紛飛，廝殺聲、尖叫聲混亂滿城。直到天亮時，這場戰爭才終於結束，景國的冶狼城正式成為了夜國的城池。

「果果，父親來了，快跟我去見他。」蒼啟一臉愉悅，拉著喬宓往偏廳趕去。這是喬宓第一次見夜國司命族的族長，原主的父親，傳說中唯一打敗過景琮的人。他站在一眾金盔鐵甲染血武士之首，白色的長袍單薄，人過中年卻依舊清雋俊逸，氣勢出離凜然。

「父親。」大廳裡的武士逐一退出，濃郁的血腥味方才淡了些許，蒼啟行了禮，就將躊躇的喬宓往前推了推。喬宓無端有些緊張，只覺蒼驊目光銳利得嚇人，正思忖著如何喚他，卻聽他率先開了口，「啟兒且先出去。」

這下喬宓更虛脫了，下意識拉住了蒼啟的袖襬，他卻安撫地朝她笑了笑，嘴形告訴她別怕，就迅速出去了，順帶還將大門給關上了。

好半晌坐在上位的蒼驊才開了口，「過來坐吧。」坐下的時候，喬宓遲疑地看了看這位司命族長，他的神色已經緩和了些許，晦暗不明的眸光中，讓她有種無所遁逃的逼視，

「我……」

「妳不是果果。」喬宓驀然抬頭，驚愕地看去，那一刻手心裡冷汗直冒。看她嚇得不輕，蒼驊忽而一笑道：「妳無須害怕，我主掌司命族二十幾載了，天命人倫早已看破，吾女命中早夭，妳既然替她活了下來，也是妳的命。」

「早夭？」喬宓不解地看著蒼驊，只覺此人神祕莫測，無怪乎能稱之司命。蒼驊微微點頭，眼中隱有傷色一逝而過，看著喬宓的臉便嘆息道：「她出生之年我便曾卜卦問天，希望上古大神能賜她福運，奈何她命中有死劫，撐不破，也躲不過。」

憶起這些往事，蒼驊難掩悲痛，愛妻早逝留下幼女，要他無論如何也要保護好。他能算出果果的死劫，卻看不出是哪一年，甚至想方設法為她改命，如珠如寶寵了十三年，終究是沒能護住她。

蒼果果命斷之日，他為她做的續命燈也隨之熄滅了，當時說來奇怪，不過一炷香的時間續命燈又再次燃起，那時蒼驊便知，有人續了幼女的命。所以這些年他依舊留著聖女的

位置，等待她回來，哪怕那已經不是他的女兒了。

「喚我一聲阿爹吧。」喬宓怔怔，知道蒼韡這是要認她了，抿了抿微乾的丹唇輕聲喚道：「阿爹。」三年了，蒼韡終於等到了這一聲呼喚，憶起幼年的愛女不禁眸起潤光，對喬宓招了招手，「妳過來，為父有東西交給妳。」

喬宓忙起身過去，看著蒼韡自懷中掏出一個錦盒來，盒子打開，裡面赫然放著一只玉戒，剔透的瑩白戒指水色正潤，細膩地刻鏤了一圈密文，朝上的那面嵌著一顆血色紅寶石，一看便是古物，「這是我族聖女的信物，戴上吧。」

「可是……」喬宓茫然地接過盒子，只覺此物很是沉重，剛想拒絕。蒼韡彷彿知道她心中所想，睇了睇睿智的雙眼，「妳既然代替了果果，便要擔起她的責任，往後妳便是司命族的聖女了，戴上。」

來自族長不容置疑的命令口吻，嚇得喬宓立刻怕了，趕緊將玉戒戴在了右手食指上，出乎預料的合適。

「既然妳接下了聖女的信物，那麼也請擔起婚約，待回夜國後，立刻嫁給太子殿下。」

「什麼?!」喬宓這才反應過來，她被下套了。

晚間夜麟推門而入時，喬宓正在燈下研究指間的玉戒，企圖摘下來，可是那東西卻像有意識般，她愈是往上拔，便縮得愈緊，勒得她食指差點斷掉，「這是什麼東西！」她氣不過在桌上砸了砸，玉戒沒有半分損傷，倒是把她的手指弄腫了。

夜麟解了身上的大氅扔給僕從，看著憤憤的喬宓便覺得新奇，瞄了一眼她的手指，便笑了，「若要取下，妳拿刀斷了手指就成。」他的心情很好，成功奪下冶狼城，又得了蒼驊親口允諾婚約，頗是春風得意。

不由分說將喬宓抱在懷中，不顧她的掙扎亂吻了一通。末了，揉著小貓女的圓潤嬌臀，含著她嫣紅的耳垂說道：「馬上就可以回夜國了。」喬宓被他咬得耳朵生疼，氣得就用腳踹他，夜麟也不躲，任由她那軟綿的小腳往他大腿上蹬。

「怎麼，還等著景琮來接妳回去？」撩起她髮間一縷烏黑的青絲在指尖纏繞，好整以暇地看著她明眸中的怒意，夜麟是愈發喜愛這樣的喬宓了，他如同中了她的毒般。

「他一定會來的！」這已經是第七天了，若是之前喬宓或許還能義正言辭，可是現在，她也漸漸有些不確定了……為何不論景琮還是裴禎，都沒有來呢？夜麟不由嗤笑，粗魯地扼住喬宓的下顎，用力將她嫩白的臉抬起，「別傻了，景琮是絕對不會來的，因為他……恐怕都快死了。」

喬宓悚然一驚，下意識的喊道：「不可能！你騙我！」連裴禎都說過，這世間能傷景琮之人寥寥無幾，強大如他，又怎麼可能會死？

夜麟不屑地冷哼，邪魅的薄唇微勾，冰涼的修長指腹揉了揉喬宓的臉頰，實在不喜歡她眼中騰起的水霧，散漫道：「我騙妳做什麼？收起妳這副樣子，往後便是孤的太子妃了，趁早斷了那些小心思。」說罷，抱起喬宓便往內室走去，求歡之意顯然。

「你做什麼？快放我下去！」察覺夜麟身上戾氣陡生，喬宓也來不及去懷疑他話中真假，她是怕極了他做那事，立刻拚命掙扎起來。「別動，這幾日都沒碰妳，今日說什麼也得弄弄。」溫香軟玉在懷，夜麟貪戀極了喬宓的氣息，這幾日忙於戰事，便不曾動她，今日首戰告捷，心情愉悅難免開始思淫欲了。

喬宓被他扔在了大床上，眼花繚亂地往床角爬，一邊躲一邊大喊，「不行不行！我怕疼，你別來！」她害怕他的大凶器，更害怕那種被精水灌滿小腹，幾乎炸裂的感覺。

夜麟邪肆大笑，脫了外袍上了床，擒著喬宓纖細的腳踝就將人往身下拉，任由她怎麼踢踹都不鬆手，嬌嬌軟軟的她又怎是他的對手，「乖一些，我就輕點弄，嗯？」他俯身用額頭抵著喬宓的額，看著她幽瞳緊縮寫滿了懼意，知曉是上次做得過火，就連忙給她順順毛，哄騙著，末了還野蠻地啄了啄她微嘟的丹唇。

喬宓才不相信他的話，艱難地抵著他不斷壓下的前胸，不曾點染口脂的唇瓣被他咬得嫣紅，才痛呼著張開嘴，他就趁機將舌頭伸了進來。勾著她躲避不及的小妙舌纏綿吸吮，口涎混合攪動。

「唔！不～」他的舌頭強勢凶猛，占據著她的口腔，蠻狠地舔過每個角落，掠奪著屬於她的如蜜香甜，大概是上了癮，他愈吻愈烈，幾乎不給她呼吸的機會。喬宓難受地揮舞著小手在他頸間拍打了好幾下，他才如夢方醒鬆開了她，縷縷銀絲在兩人唇間轉瞬斷開，說不出的淫豔曖昧。

看著懷中軟了大半的少女，漲紅的嬌靨如三月新桃般緋麗，格外惹夜麟動心，他看過許多比喬宓還美的女子，卻從沒有哪一個能如喬宓這樣，一顰一嗤都能盡得他的意，「當真是中了妳的魔。」

他又貼上了她的唇，輕輕地淺嘗了幾口，占了她急促的蘭香，聽著她不適的哀聲嗚咽，才笑著將唇下移，吻向細長的雪頸，嫩白的玉肌上隱約可見粉粉的絨毛，薄唇微動甚至能吮到她血管快速的跳動。愈是往下，夜麟便覺血氣湧動愈發燥烈，也不去解開喬宓的衣帶，雙手強悍地拉開交叉的衣襟，便在精緻的鎖骨上狠狠咬了兩口。

「呀！你、你別咬我！」喬宓氣息還不穩，嬌音喑啞，漲紅著臉赧赧怒道。夜麟邪笑著看向她胸前若隱若現的深深乳溝，白玉嬌嫩渾圓誘人，好不容易壓下去的獸欲又開始叫囂了，顧忌著喬宓的尖叫，他叼著椒乳含入口中的動作，沒有之前那麼野蠻了。

唇齒輕咬著水嫩的乳肉，在上面寸寸印下自己的齒痕，硬生生將花白的雪乳咬得一片媚紅，「真恨不得就這麼吃了妳。」他像是有些遺憾的嘆息，話中的衝動陰鷙可全然不是在開玩笑，嚇得喬宓菊花一緊，迷離的水眸瞬間清醒過來，警惕地瞪著他。景暘說夜太子是蟒族，最喜食人……

「別別，你要做就做，不能吃我！」夜麟先是一愣，轉瞬就大笑開來，含著喬宓胸前的櫻桃小果在舌尖捏了捏，「那妳可得乖些，不然孤就這樣把妳吃了～」喬宓身上嫩綠色的襦裙頃刻被他撕成了碎片，曲線優美的嬌軀精光赤裸在他身下，夜麟惡意地張著嘴四處亂吻，似乎是真要就這麼吃了她般。

「啊～我乖我乖，你別這樣，嗚嗚！」夜麟也瞬間除了一身繁瑣的衣物，坐在床間，將喬宓抱入了懷中，她欺霜壓雪的肌膚上全是他留下的曖昧痕跡，充斥著占有的意味，這讓他莫名滿足。

「來，把它放進妳的身體裡去。」喬宓就張著腿坐在他的大腿上，那根泛著黑紫的粗壯肉柱蓄勢待發對準在她腿心間，夜麟掐著她的腰，就是不往裡插，偏要喬宓用手往裡送。

微微朝上的嬌花蜜縫緊致泛粉，喬宓被迫握住了他的炙硬，奇長的大凶器又硬又燙，和他周身冰涼全然不同。「太、太大了……」碩大的龜頭頂得她手心微顫，在穴口試了幾次都塞不進去，恰逢夜麟拿手指刮蹭她的花核，急得喬宓更是找不到門路了。

「往這邊放。」夜麟用手指將緊闔的蚌唇大大分開，微微溼濡的嬌穴縮動不已，肉頭頂了上去，還不及喬宓的手去送，夜麟腰身一頂，傘狀的大東西就囫圇塞了進去。

「啊！」喬宓彎腰低吟，將額頭抵在夜麟的胸前，就這麼眼睜睜看著他將猙獰的肉柱，一點一點往她肚子裡插去。幽窄的甬道略潤，勃脹的巨龍緩緩地將嫩肉擴充，漸漸脹滿整個花徑。顫動的水潤媚肉絞緊了欲根，夜麟屏了一口呼吸，壓抑著那股衝腦的爽快，將喬宓抱起幾分，重重往腰下一按。

「唔……啊啊！」甫一頂在宮口的軟肉上，夜麟就忍不住挺腰了，硬邦邦的巨根全埋在一片淫滑熱息間，逼得他猛烈地狂弄起來。喬宓被撞得頭暈眼花，無措地抱住他的脖子，泣不成聲，「你、你說～輕嗯啊～輕點的！呀～」

身體深處被搗得一片奇癢泥濘，快感騷動，夾著肉柱承受他非人的高速進擊。夜麟舒爽得狂擺蜂腰，掐著喬宓的嬌臀，享受著不斷套弄他的水穴。短短幾日，他是入了骨地喜歡上這種緊致的美妙。

「輕點還怎麼弄爽妳～」他強悍的獸欲外泄，粗長的巨大一次比一次猛地往花壺裡撞，絲毫不給喬宓喘息的機會，勢必要將她幹得哭天喊地。

「嗚嗚！你這個～啊～騙子！」夜麟將喬宓側放在床間，抬起一隻秀腿抱在懷中，縱身深入腿心花蕊中搗得淫膩水潤陣陣，還不忘握著掌中的三寸蓮足輕咬，珠圓玉潤的小腳趾上沾滿了口水。「再喊大聲些，就喜歡聽妳喊。」他的變態是直追景琮，猛烈的磨研撞擊，惡意地插得喬宓浪叫連連，斷斷續續的嬌泣喘呼聲最是勾他心魂了，連帶插在她花壺中的肉柱又凶狠了幾分。

「啊！啊～別頂了，別～」被弄了大半個時辰，喬宓早就撐不住了，蛇性本淫，遇上夜麟算她倒楣。溼滑不堪的蜜穴緊窄，任由奇長的巨龍快速插動，水嫩的內壁媚肉酥麻，緊箍著吸吮炙硬的棒身，銷魂的快感是直直癢入了兩人的心口。

被強壓在床間的喬宓，就如暴雨中慘遭摧殘的小白花，承受著夜麟的各式蹂躪，換著花樣不停搗弄頂入，哀婉撩人的聲音漸滿內室。夜麟更是舒坦，一邊享受著媚肉緊夾龜頭的密窒，一邊聽著入耳的靡靡淫聲，天性冷然的血液此時也沸騰得火熱，大掌控著喬宓的柳腰，將人往碎了幹。

「果果裡面真緊～這身肉真是要人命～」緊咬的淫滑媚肉，簡直讓人恨不得永遠停在裡頭。

第三十五章

夜麟如今得了冶狼城，打開了吞併南洲的第一步，精兵良將齊齊調遣，安排了好一番便不再掌事，帶著喬宓踏上了回夜國的歸程。離開冶狼城這日，蒼啟過來送喬宓，站在雪地中看著裹在狐裘中的少女，替她理了理帽間的落雪，目有愧意地說道：「哥哥知道妳不願意嫁給太子，但是……果果放心，只要哥哥一日尚在，便會護妳在宮中周全。」

喬宓抿著唇莞爾，握住了蒼啟的手，知曉蒼驊並未告訴他實情。他一直都當她是妹妹，他的無奈讓她心頭漸暖。「謝謝哥哥。」看著食指上泛著鬱光的聖女玉戒，喬宓也沒了頭緒，正如蒼驊所說，她代替了蒼果果而活，就該為她擔起肩上的責任，不論是司命族的聖女抑或是嫁給夜麟，這都是她不能逃避的責任。

可是，景琮怎麼辦？她真的想他了。

冶狼城距離夜國的都城並不遠，一天一夜的路程便到了，在景國帝宮待了三年的喬宓，還未想過有朝一日會到另一座皇宮走走。夜國的皇宮和景國的肅穆帝宮不同，處處都透露著奢華，飛虹漸臺，奇花倚石，大概是信奉上神的緣故，四處可見神像與夜國皇室的墨蛇圖騰。

初到夜國帝宮，畏寒多時的喬宓就病了，懨懨的毫無生氣，大半時間都昏睡著。最上火的當然是夜麟，獸化一族修為愈高更是百病不侵，歸根結底，喬宓的元神傷得厲害，若非得了景琮幾人的精元調和，只怕早就活不了了。

「來，張嘴。」瞧著日漸消瘦的喬宓，夜麟難得荒廢了政事，自宮娥手中接了藥碗過來，還不忘試試溫度。怪異的藥味讓他不禁皺眉，盛了一勺往喬宓的嘴邊餵去。

平日他最喜歡吮咬的那片殷紅丹唇，眼下血色盡失，蒼白得讓他心慌。喬宓無力地虛睜著黑漆漆的眼，苦澀的藥汁甫一入口，就嗆得她不停咳嗽，夜麟連忙餵了一粒蜜餞給她，又餵了水才緩了些。

「這群庸醫弄的是什麼藥，立刻換了，明日若還是這味道，全都別活了。」夜麟邪肆的眉間滿是戾氣，將喬宓抱入懷中，才斂了幾分厲色。他大掌貼在她的心臟處，頃刻術法氤氳著波動，眼見喬宓的面色漸漸恢復幾分紅潤，這才收了手。

他的修為偏寒，而喬宓卻又懼冷，所以不能過度地用術法為她護住元神，治標不治本，只能用藥物慢慢培元。「乖，等病好了，就帶妳去月山看天蓮，那裡的瑤池中還有七彩錦鯉。」他的聲線低醇悅耳，全然不似往日的霸道狂妄，溫柔得讓喬宓以為他是不是被人奪舍了。她伸著軟綿無力的手，大膽地戳了戳他俊美妖魅的面龐。

夜麟當然看出她心中所想，勾著昳麗的唇弧，擒著她的纖白手指往口中一含再一咬。「聽說妳喜歡吃魚?到時給妳捉一隻彩鯉回來，那東西味道應該尚佳。」喬宓頭暈得厲害，聽他說話也是恍恍惚惚，不過魚這個字眼她很是敏感，不禁在夜麟懷中點了點頭，儘管是重病也有了食欲。哪知為了這隨口的話，後來還鬧出一番事情來。

隔日喬宓好轉了些，夜麟一身人畜勿近的戾氣才淡了許多，奈何喬宓還不能見風，又饞著吃魚，夜麟便帶著禁衛軍出了宮，踏著寒天冰雪一路上了月山聖地。待到午膳時，好些日子沒聞過魚味的喬宓，瞬間眸光泛亮，看著一桌子的魚肉嚥了嚥口水。

她迫不及待地吃了一口，那味道比猿族進貢的天山鱈魚還要鮮美，雪白的嫩肉入口說不出的滑，重度愛好吃魚的喬宓可謂是入了天堂，一掃先前病容。

「唔~太好吃了，這就是那個瑤池的七彩錦鯉?」可惜蒸煮烹炸後的彩鯉根本看不出原來的模樣，喬宓很是好奇，莫非真的是七彩?

一旁為她擺著菜的小宮娥嘴角微微抽搐，誠惶誠恐地回道：「是、是的。」

夜麟倒誠不欺她，大雪天當真弄了魚回來給她。喬宓接連多食了幾口，入腹的魚肉似乎有暖胃的功效，方才周身還泛著寒的喬宓，這會只覺四肢漸暖，舒服極了。正吃得津津有味，一個穿著禁軍裝束的男人走了進來，捧著一只錦盒，喬宓遲疑望去。

「這是殿下送給聖女的天蓮。」喬宓認得這人，就是當初在景國帝宮裡，總跟在夜麟身側戴著銀耳環的男人，滿面冰煞聲音更如寒刀，夜麟似乎叫他阿七？喬宓訕訕地接過盒子。

「天蓮？」甫一打開錦盒，喬宓就瞪大了眼睛，放滿碎冰的盒中靜靜躺著一株瑩白的花，形狀如蓮層層疊疊繁華盛妍，花身溢著流光，花蕊中還有一點嫣紅泛著奇異的香味，美得耀眼，香得迷人。

「真漂亮！」喬宓愛不釋手地往掌中一捧，如冰雕般的白蓮若水，軟軟地輕顫，還不等她湊近細看，挨著手心處的花瓣便以肉眼可見的速度枯萎了。「呀，怎麼會這樣？」她連忙將花放回盒子的碎冰中，方才還快速枯掉的花，暫時沒了凋零的模樣。

一旁的小宮娥連忙向她解釋道：「聖女不知，此乃月山天蓮，生自冰山食雪而活，離了冰和雪，轉瞬就會化為雪水。」換而言之，此物美則美矣，卻是只可遠觀不可褻玩。

喬宓有些失落地用手指點了點瑩白的花瓣，恐怕著這一盒子的碎冰只能撐到晚上，這麼漂亮的花就不復存在了。她幽幽地看向阿七，抿唇問道：「你們太子呢？」又是捉魚又是送花的，就算她心再硬，還是被他的舉動溫暖了些許，頭一次主動想起問問他的去向。

「殿下在處理政務，甚忙。」阿七低著頭，以至於喬宓看不清他的表情，起伏不大的聲線並無異樣，喬宓也就信了他的話。思及這幾日病中，都是夜麟親力而為照顧她，再看看盒子裡的花，喬宓欲言又止了好幾次，終究還是說出了口，「那跟他說……謝謝了。」不過即便如此，也不能掩蓋他綁架她到夜國還強迫她的無恥之舉。

一桌美魚快吃完時，殿外出現一陣嘈雜，漸漸有女子高昂的怒罵聲傳來。喬宓蹙眉，據說她現在是住在夜麟寢宮的旁側，等閒之輩是不敢來喧嘩的。身側的小宮娥連忙出去查探，只看了一眼就跑了回來，驚慌說道：「不好了，是右側妃過來了！」

右側妃?喬宓這才想起，前兩日蒼啟送來給她的書信，曾提及夜麟後宮的女人。這條變態蛇雖性淫，卻從不碰女人，所以有名有份的嬪妃並不多，都是擺設，但其中有兩人是她要提防的。一個是曾經騙過她的蒼玥，如今已是夜麟的左側妃；一個則是夜國大將軍之女，右側妃寇薇。

左為尊右為次，寇薇的地位雖不及蒼玥，卻是蒼啟著重點出的黑名單，因為此女出自豹族，脾氣異常凶猛，夜麟後宮的嬪妃多半慘遭她的毒手。喬宓覺得有些牙疼，這種時候更是想念景琮了。位高權重的攝政王，就從不亂搞男女關係，夜麟……哼！

「那應該攔得住吧？」喬宓聽著殿外愈發嘈雜的聲音，似乎已經動起手來了，有些不確定地問道。浸淫後宮多年的小宮娥瑟縮著肩頭，似乎比喬宓還害怕那個右側妃的到來，結結巴巴地說道：「聖女放心，侍衛會攔住的。」

她的話才說完，一個禁軍裝束的高大男人便從殿口飛了進來，「碰」的一聲摔在大殿中央，捂住脖子半天沒爬起來。喬宓倏然起身，一個穿著火紅宮裝的女人握著鐵鞭氣勢洶洶地進來。

寇薇長得是美麗，風姿綽約，正是桃李年華，紅衣如火，怒目之間都是說不出的嫵媚，盛氣凌人的光豔冶麗。明明是豹族，這副模樣倒比狐族的媚女還要絕色幾分，連喬宓都不禁暗贊，當真是個美女。

「妳就是殿下帶回來的那個女人?!」寇薇握著手中的鐵鞭朝喬宓走來，目光掃過桌上的殘羹時，不由得瞪大了眼，愕然驚叫：「妳！妳居然把七彩錦鯉就這麼吃了！」

喬宓眨眨眼，很是無辜地點了點頭，「很好吃，妳要吃嗎？」難得看見這麼漂亮的女人，喬宓沒多想便第一次同意和陌生人分享美食。

寇薇氣得差點斷氣，指著喬宓，一口瓷牙都快咬碎了，美眸中滿是怒火，氣衝衝地吼道：「吃什麼！殿下為了捉彩鯉，差點被守護者砍斷手，妳竟然把牠們給吃了！」

咦?!

「砍斷手？」

第三十六章

夜國的月山是聖地，皇室先祖曾誕生於瑤池旁。據悉池中的七彩錦鯉是應天地靈息而生，千百年來都被奉為神物，可觀不可碰，池內也不過十來尾。相傳七彩錦鯉食之能精進修為，奈何年年歲歲有人守護，去者多會斃命。夜麟身為太子也不例外，貿然前去雖捉到了魚，卻也免不了受傷。

「他竟然一抓便是三條，命都不要了，今日我非除掉妳不可，免得來日殿下再做糊塗事！」寇薇手中的鐵鞭如同長了眼睛，朝喬宓迎面襲來，虛無中甚至能看見鐵鞭周身氤氳的火龍。這鞭子若是打中，只怕瞬間便會被抽回原形而斃。

喬宓本就防著她，閃身勉強躲過第一鞭，「誒！妳別動手！」女人何苦為難女人呢！

寇薇可不手軟，夜麟帶了喬宓回宮幾日，還未宣布她的身分，卻讓她住在寢殿旁側，還為她去聖地捉彩鯉，可見是動了凡心，她得趁著夜麟不在的這會除掉喬宓才行。

「妳再躲啊！」又是一鞭揮來，毫無實戰經驗的喬宓只能繼續閃，人在病中躲得頭重腳輕，實在是委屈。「碰！」桌上裝著天蓮的錦盒被打落地，不看不要緊，一看就要命，寇薇進宮一年有餘，還是第一次知道冷血無情的太子殿下，居然也會玩情趣！

「啊！今天不殺了妳，我就不姓寇！」

第三鞭揮來之時，喬宓失去重心摔坐在地上，鐵鞭嗶嗶作響，眼看就要打在她臉上。在小宮娥急促的尖叫聲中，喬宓緊緊閉上眼睛。天要亡她啊……咦，怎麼不疼？方才還危險的空氣這會似乎凝結了，喬宓遲疑地睜開眼睛，卻愕然看見夜麟的臉，就在咫尺之間，霸儀的眉宇微皺，似乎很是吃痛，幽黑深邃的眼睛卻一直盯著她。

「殿、殿下！」寇薇驚呼著扔掉了手中的鞭子，頃刻哭出聲來。怔怔的喬宓眼看著夜麟一個不穩朝自己撲來，下意識伸手抱住了他，這才發現他背上赫然出現一道猙獰的鞭痕，血肉模糊駭人。是他替她擋下了那致命的一鞭。

「你、你沒事吧？」夜麟的修為極高，而且有極強的自癒力，奈何今日不湊巧，先是被聖地守護者打傷，還沒怎麼恢復就又擋了寇薇這一鞭。傷上加傷，一時半會根本沒辦法自癒。

他搖了搖頭，讓阿七將他扶起，髮帶綁束的墨黑長髮微散，邪魅的俊臉上略顯蒼白，陰翳翻滾的眸底戾氣漸生。他轉身看向無措泣哭的寇薇，大手微抬，須臾間地上的鐵鞭就化為灰燼。

「滾出去。」那是毫不掩飾的殺意，寇薇當下就腿軟地癱坐在地，美目噙滿淚水，「殿下，我錯了我錯了！」

夜麟的臉色更沉了，顯然已經沒了耐心。方才若是他來遲一步，那鞭子抽在喬宓身上會是什麼後果，他想都不敢想，「滾。」

看著夜麟趴在自己的床上由御醫癒合傷處，血肉外翻一片的後背實在嚇人，隱約還能看見森森骨頭，可見寇薇那一鞭子有多狠，喬宓的心頭抽搐。

「玄鐵鞭的威力甚重，殿下的傷短期內是不可能痊癒了，只能分幾次治療。不過，最嚴重的還是殿下腿上的傷。」

夜麟卻揮手示意御醫退下，略顯蒼色的俊顏血色淡淡，坐起身撈了墨色龍袍隨意披在身上，看著站在床側的喬宓輕咳兩聲，「嚇到了？」

「你是說寇側妃嗎？她挺凶的。」喬宓聳了聳肩，目光卻不時往夜麟腳上看去，剛才扶著他上床的時候，就發現有些不對勁了。

「不會再有下次了，我會把她們送走。」無關緊要的女人，夜麟從沒放心上過。美人再美看多了也不過是副皮囊，如寇薇蒼玥之流，時間再久一點，說不定他連她們長什麼樣子都不記得了。

喬宓微微愕然，「當真？」

夜麟抬頭，墨沉的眸間邪肆明亮，隱約似乎有些愉悅，「放心吧，我沒碰過她們，我只喜歡果果。妳是不是很不喜歡她們？那等會就……」

「不是不是，你想太多了。你的女人隨便你怎麼弄，我沒有不喜歡。」儘管寇薇剛剛差點殺了她，可是喬宓沒想過長久待在夜國，當然對夜麟的女人談不上喜歡和討厭。

「妳就……沒有半點不高興？」夜麟忽而覺得心頭悶得慌，好似被揪住了氣管，一口氣堵得上不來下不去。他眼巴巴地看著喬宓，期待著一點不該期待的東西。

喬宓訕然地呵呵笑。拜託，她又不喜歡他，有什麼好不高興的？

「沒有呀……啊喂！你怎麼吐血了！」

未見蒼玥之前，喬宓想像中的她全來自蒼啟的描述，心思歹毒的蛇蠍女？見到她之後，喬宓才知道什麼叫人不可貌相。本以為寇薇就已經極美了，蒼玥卻比寇薇還要好看，溫婉若同夜麟送她的那株天蓮，端麗幽美，顰笑間紺黛羞煞春華，真是個絕世美人。喬宓暗啐，這麼好看的女人擺在後宮，夜麟竟連碰都不願碰一下！

「是妳？原來如此。」一個早在三年前就該死去的人，如今卻再度活生生地站在自己面前，就算蒼玥的心機再深沉也免不了愕然，秋月般的美眸怵然地看著喬宓。

喬宓抿著粉唇淺笑，撩了撩額前的瀏海，很是無害地說道：「聽說妳是我的堂姐？抱歉，好多事情我都記不得了，我們以前關係很好吧？」

「妳不記得了？」蒼玥如煙的柳眉微挑，警惕地看著軟萌的喬宓。見她點了點頭，根本不像是撒謊，她不禁鬆了口氣，秀美的眼波幾番暗轉，須臾便勾唇溫笑，「對，我是妳堂姐，沒想到還能再見到果果。這些年過的可好？堂姐一直都擔心著妳呢。」

喬宓的嘴角微抽，遇上演技派，她也很是無奈。上前幾步站在蒼玥的面前，喬宓眨著狡黠的貓瞳，揉了揉發涼的小鼻頭，輕聲說道：「嘖嘖，我忘記告訴堂姐了，其他的事情我都記不得了，偏偏就記得妳當初是怎麼騙我的。」

瞬間，蒼玥花顏上的笑意絲絲龜裂，如同被雷劈了一般，冷冷地看著喬宓，「我不知道妳在說什麼。」

「這三年裡，我也很想堂姐呢。真好，沒想到還能再見到我吧?當初派人來殺我的時候，費了不少心思吧?真可惜我又回來了。」喬宓才不怕她，更加靠了上去，逼得蒼玥倒退一步，怒視的美目中全是狼狽和驚愕。

「妳怎麼知道的!不可能!」蒼玥從宮娥口中得知寇薇被夜麟怒斥，雖然很是高興不可一世的寇薇被太子斥了滾，但是一想到有另一個女人威脅到她的地位，就愈發沉不住氣了。

今日本來是想給新人一個下馬威，卻沒想到那人竟然是蒼家的果果，她那個三年前就該成為太子妃的堂妹。還來不及定神，就被喬宓逗弄起來，一時間氣惱得沒遮掩好，直接暴露了本性。

喬宓笑得更歡了，跟著景琮混了那麼久，審問人這點倒沒少學，不疾不徐地繼續說：「不可能什麼?妳以為妳做得很隱祕，殺了我就能代替我進宮了?我的好堂姐，妳可真狠心。」她說得有理有據，蒼玥根本沒有時間深究，心裡一虛，連忙抓著喬宓的手，幽幽美目瞬間紅得可憐，豆大的淚珠滑落面頰。

「對不起對不起，當初是我鬼迷心竅了。果果，求求妳別說出去，求求妳了！我不那麼做，根本就不可能進宮的，我沒有選擇。」美人就是美人，哭起來都好看得很。好在這處觀臺並沒有多少宮人路過，不然看見平日美如神女的左側妃如此不堪，一定會不可置信。

喬宓眼都不眨一下就拂開了她的手，揉了揉被抓疼的手腕，看著和方才判若兩人的蒼玥，當真是很是好玩，也算是幫蒼果果出了口氣，不過還有更好玩的。「哎呀，妳哭什麼？我方才只是逗妳玩的，其實我什麼都不記得了，原來……妳真的想害我啊。」喬宓無辜地吐吐粉舌，姝麗的眉梢間全是俏皮。

蒼玥派人殺蒼果果，只是喬宓的推測罷了。當年蒼啟乃至蒼驊都找不到證據，無奈才讓她頂了名分進宮，現在也只有她這個當事人能拆穿她了，沒想到這麼不經試探。

喬宓的話音將落，蒼玥整個人都震住了，下意識捂住了氣悶的胸口，噙滿淚水的美目瞬間狠厲得殺意四起，一掃之前的溫婉假像。這簡直是被整了又整的奇恥大辱。

「蒼果果！」鳳戲牡丹的廣袖下，纖長的五指頃刻成爪狀，似乎下一秒就要朝喬宓抓來，卻在看見不遠處的一道身影時停住了。喬宓早就防備她會一怒之下朝自己動手，準備閃身躲開，蒼玥卻已經挨了上來。她下意識地想遠離，手腕間便是一股劇痛。

「嘶！妳……」吃痛的喬宓抬頭對上蒼玥一閃而過的陰笑，當下就覺得不妙，什麼都還沒做，就眼睜睜地看著蒼玥從觀臺上摔落，自堆滿白雪的玉石臺階上，一圈圈滾到了雪地間。

這是什麼情況？忽而身後傳來稀疏的聲響，喬宓轉身看去，便見夜麟披著一氅墨色蛟龍袍，腳下虛晃地朝她這邊走來。原來如此，這是要跟她玩圈套啊。

所以接下來應該是夜麟過來質問她，為什麼要推人，然後把她打入冷宮的梗？喬宓這還腦補著，夜麟就過來牽住了她的手，「這麼冷的天，跑出來做什麼，回去吧。」

握著喬宓的手，卻發現自己的手比她還涼，夜麟有些無措地鬆開，解了身上的大氅為她罩上。看著被那凍得紅撲撲的臉頰，他冷哼著戳了戳。

「喂，你戳我幹嘛。」喬宓捂著臉躲，卻被夜麟抱了個滿懷。嬌小的她在他懷中掙扎了沒幾下，就被打橫抱起，「快放我下來，你不是受傷了嗎！」

「就算這條腿斷了，也能抱妳回去，老實點。」男人依舊霸道蠻橫的幼稚，轉身便往寢殿的方向走去。

等等，他們是不是忘了什麼事情……

第三十七章

夜麟背上的鞭傷癒合得差不多了，唯獨右腿的腳骨被聖地的守護者用神器擊中，傷勢頗重，御醫讓他暫時換回原形修養。但他發現喬宓似乎很是害怕他變回本體，只能退而求其次，將下半身變了回去。

「我這樣妳還怕?!」夜太子稜角分明的俊美面龐上一片陰翳，倚在床畔看著自己變回原形的長長尾巴，再看看捂著眼睛躲在金紗帳幔後的喬宓，只覺氣悶得慌。尾間墨色的鱗甲冶亮，分明是好看至極的巨尾，怎麼到喬宓那就不敢入目了？

喬宓蹲在鏤花月牙門下，垂著貓耳瑟瑟發抖，一是獸族的本能讓她懼怕幻化原形的夜麟，二是上次被蛇咬的陰影還在，「我就是怕，你快些治好傷，然後馬上變回去。」

「哼！」他的本體在黑蟒一族中明明是最好看的，不懂欣賞的笨貓！夜麟氣得一甩尾巴，在鋪著絨毯的地面上抽得砰砰作響。

一旁的御醫都嚇跪了，顫著老聲，「殿下快停住，您的傷口又裂開了！」

喬宓聞聲抬頭看去，只見扯動到傷處的夜麟俊顏蒼白，臥在床間緊抿著邪肆的薄唇，捂著腰下的粗壯蛇身。本來她還懼著幾分的長長蛇尾，這會正在地上抽搐著，大概是痛慌了。也不知怎地，一時間沒忍住笑的她咧著嘴不要命的來了句：「活該！」

「把她給孤拎過來。」侍立一旁的阿七立刻朝喬宓走來，知道被抓過去準沒好事，她抬腳就跑，可惜不是阿七的對手，當真被他拎著後頸提到了夜麟跟前。「別別～我錯了！」

夜麟伸手將她如抱嬰兒般摟入懷中，用冰涼的額頭抵在她細嫩的額間，看著滴溜溜的黑耀水晶明眸，冷笑著張口咬住她的唇瓣。

「啊！」嬌花似的嫩唇就這麼被咬破了，吃疼的喬宓痛呼著飆淚，夜麟這才心情好了些，曖昧地用舌頭舔舐著她唇角滲出的小血珠。

他摸摸小髻間無力垂下的茸茸貓耳朵，無恥地問道：「這下是誰活該？」

喬宓憤懣，「……我活該！」幼稚無恥小心眼的變態蛇！

夜麟愉悅的笑自胸間震出，抱著軟萌的喬宓，連方才傷口撕裂的痛都沒了感覺。他再用舌頭舔了舔喬宓的唇瓣，咬破的傷口瞬間恢復了原狀，「還疼嗎？」

躲開夜麟捏向鼻頭的手指，喬宓驚奇地摸了摸唇瓣，已經沒有了半分感覺。

「來，摸摸我這裡。」夜麟說著就去牽喬宓的手，往半掩在龍袍下的蛇身摸去。

纖白的手指顫得厲害，還沒碰到，懷中的少女就怕了，「不摸不摸！」她鑽進他的臂彎中，根本不敢去看那粗猛的蟒身。

夜麟有些挫敗，邪魅的面龐上再一次沒了笑意，墨黑的凌厲眸眼中散著莫名的情愫。

「摸摸吧，別怕，就摸一下。」

喬宓瑟瑟地看向他，有幾分遲疑。她害怕是恐懼蛇尾會對她造成傷害，可是那是夜麟身體的一部分，就目前而言，他不會真正的傷害她。所以那就只是屬於他的原形，和景琮的白虎本體一樣，可碰可觸。

更要命的是，她真的受不了他那種暗藏期待的眼神，和平日那個霸道蠻野的他簡直大相庭徑。幾經思量後，她慢慢伸出了手，鱗片細膩光滑，更多的則是冰冷陰寒……

「好冰。」摸也摸了，膽子漸漸大了些，她轉過頭趴在夜麟懷中，看向了蛇化的下身。背側墨黑，帶著奇怪的花紋，異常的繁複漂亮，一直逶迤到尾稍。腹側則是冷沉的玉白色，層層鱗甲間有著一線淡淡的金黃。

「咦，這裡在動？」好奇地朝腹下三寸微凸的地方摸去，夜麟方才還享受的神情登時一僵，忙擒住了她的柔荑，邪笑道：「這裡暫時不能摸，過兩天再給妳摸摸。」喬宓粉撲撲的小臉蛋一鼓，好似誰稀罕摸他一樣。不過這個位置，如果是換成雙腿的話……

「無恥下流！」跑出大殿時，還能聽到夜麟的朗朗大笑，羞得喬宓恨不得找個地洞鑽進去。難怪剛剛老御醫和阿七的臉色那麼古怪，她這手摸哪裡不好，偏偏摸那裡！

喬宓跑得倉惶，也沒注意周邊，等停下腳步時才發現迷路了，「這是哪裡？」

初冬的夜國早已是白雪皚皚，喬宓踩在厚厚的積雪中，望著眼前這座奢華宮苑，她直覺宮廷之中不能隨意亂走，剛想離開，卻聽見了一道熟悉的聲音，「臣妾近來一直都在學習茶道～」

這聲音又軟又媚，同為女人的喬宓都感覺骨頭酥了大半，連忙往一旁的假山石碓躲去。她小心翼翼地朝宮苑內探望，不遠處風景如畫的八角亭中，兩道身影隱約。穿著白色宮裙的女子雲髻簪花，那窈窕的倩影不是蒼玥又是誰。她似乎正站在玉桌旁沏茶，才走兩步便被另一人摟入懷中。

抱著她的男人背對著這邊，喬宓只能看清他玄色衣袍上的蟠龍威儀，而這樣的衣服她只在夜麟身上見過。她心頭頓時有種不妙的預感……剛想離開，厚底的兔絨短靴卻不小心踩在枯乾的樹枝上，只聽「喀擦」一聲清響。

「誰在那邊！」

糟糕，被發現了！聽見蒼玥支使宮娥過來查看，喬宓急得往假山裡鑽，碰得落雪滿頭，豎立的貓耳更是靈敏，聽著小宮娥愈發接近的腳步，她的心都快提到喉嚨了。

她似乎看見了一些不該看見的東西，會被滅口嗎？忽而手上一涼，高度緊張中的喬宓嚇得差點驚呼出聲，便被一隻大掌捂住了嘴。倚在那人冰寒的寬闊胸懷中，她漸漸安靜了些，拍了拍他的手腕，示意他鬆開些。

「噓，別動。」狹窄的暗黑山石裡，夜麟緊貼著喬宓，捂住她的手掌幾乎遮了半張臉。

那宮娥過來時，頃刻瞪大了眼睛，開口便要大喊。只見夜麟一揮手，宮娥圓睜的黑瞳頃刻染上一層碧色，幾秒後她的眼睛恢復了原狀，奇怪的是她彷彿什麼也沒看見，轉身就離開了。

喬宓這才鬆了口氣，這邊山石花木隱蔽，趁著八角亭裡的人分心，兩人迅速從側門悄然離去。茫茫天空又落起了飛雪，走在厚厚的積雪地中，夜麟本能地想抱起喬宓，卻被她拒絕了，「我自己走。」

看見她撇嘴指著自己的腿，夜麟凜然一笑，將出來時藏在懷中的兔絨暖手筒遞給她，「把手放在裡面，跟著我走。」

他刻意放慢了步伐，走在前面擋著寒冽風雪，厚底的金龍靴一腳下去就是個深深的坑，緊跟在後的喬宓便跟著踩進了他的腳印裡。

「和蒼玥在一起的是誰？」喬宓終是忍不住問了。夜麟沒有停頓地繼續走著，好半晌風中才傳來他低沉冰冷的聲音，「我父皇。」

還真是夜帝煊?喬宓頓時腳下一閃，差點撲進雪地裡。雖然心中已經猜到了這個答案，但是從夜麟口中得知依舊有些震驚。他的嬪妃和他的父皇……

走在前面的夜麟忽而停住腳步，後面的喬宓一時分心，直接撞進他的懷裡，被他衣襟上的鎏金盤釦碰得鼻頭生疼。夜麟皺眉伸手幫她揉揉，「所以，孤真的沒有碰過她們。」

喬宓恍然大悟，看來他早就知道自己的妃子和夜帝有染了。她甚是同情地拍了拍他的肩頭，能頂著一片大草原如此狂妄地活著，也是不容易呢，難怪他變態又扭曲。

「妳這是什麼眼神?同情我?」夜麟似笑非笑地看著喬宓，倏地伸手抱起她往肩上一扛，拍了拍扭個不停的小屁股，「還是同情妳自己吧。」

氣血倒衝向頭頂，喬宓氣得直捶打夜麟的後背。奈何這傢伙太壯實了，她怎麼打都跟抓癢一般，「放我下來！啊～放開我！」

第三十八章

喬宓被一路扛進太子的寢殿，越過層層墨蛟金紗，已經無力吵鬧的她被直接抛在巨大的龍床上。小臉猝不及防地挨在微涼的冰絲軟枕上，她這才意識到他要做什麼。

「還是白天，你別亂來！」少女凍得通紅的手腳發軟，幾次都爬不起來，床畔的修長身影已經襲來，從背後將她重重地抵在了柔軟的床中。未曾挽起的如瀑青絲被夜麟撩到一邊，露出一截白皙細嫩的脖頸來。

「果果愈來愈香了。」冰涼的唇舌貼上後頸，溫熱的玉肌瞬間顫慄。薄唇不斷親吻遊移，他愈來愈粗沉的呼吸急促地噴湧在她耳際，危險又曖昧。

「啊～好癢，別舔～」緋色的肉肉耳垂被他輕咬在齒間，喬宓瑟縮著想躲，他便愈發欺上。大概是沾染了她的體溫，他的舌頭不再似先前那般冰冷了，靈活地探進玲瓏小巧的耳廓。溼濡的癢意，讓喬宓登時敏感地嚶嚀一聲。

腰間的裙帶不知何時被他解開，鬆散的衣襟被大力一扯，半邊香肩都裸露而出。被壓在床間的喬宓根本無法抵抗，就遭遇夜麟狂風暴雨地霸吻。香肩、脊骨、雪膚，全部被他的唇舌寸寸舔吻過，明明薄唇微涼，她卻覺得炙熱得要命，咬緊了下唇，將桃紅的臉藏在被褥中。

夜麟的最後一吻落在了她的腰眼上，溼滑的舌頭在那處打著轉，瑩白的嫩膚被吮出一片紅暈來。終究抵不住的喬宓，揚聲媚叫，「啊～～」

上身的衣物被夜麟甚是野蠻地扒了個精光，大手襲上胸前的玉乳時，喬宓急著去推他解褻褲的手，就任由他揉弄。嬌綿的肉團被他握得乳肉溢開，澀澀的癢意在心底不停炸起。

「唔呀！」錦緞的絲滑褻褲掉落在腿間時，小巧可愛的乳頭正被夜麟夾在指間輕捻，麻得喬宓驚呼。

「叫的真好聽，是疼還是爽？」自然是疼並爽著，也不給喬宓說話的機會，拉下底褲的大手就襲向了腿心間。雪紗的羅裙還未脫下，半跪在床間的喬宓低頭一看，呼吸嬌促起來。

在那看不見的裙襬下，大手胡亂騷動著，或輕撫花唇，或摳弄陰核，再往下更是以指腹刮蹭著溼熱的小蜜口。

「怎麼扭得這麼厲害，小果果～」夜麟邪肆一笑，更加貼緊了少女纖弱的後背，探入裙下作亂的指間，隱約都浸溼了。

摳弄在腿心軟處的大掌肆掠，喬宓意亂情迷之際，微闔的嫣紅丹唇間便被塞了一顆東西。還不及吐出，夜麟的霸吻接踵而來，散著冷凝香息的藥丸很快便融化在她唇齒間。

「唔～你給我吃了什麼？」迷離的水晶眸溼漉漉得黑亮，喬宓嬌軟地癱在夜麟強勢的懷中，那股凝香很快入了腹中，頃刻只覺得有些詭異。

「好東西，等會妳便知道了。」夜麟勾了勾唇，輕咬著她的貓耳，探入她花心的手指微微屈起，頂得內裡媚肉緊吸。

「呀！別攪了，呃～」深埋入內的雙指刁鑽得很，在一片嫩滑中攪揉旋轉，喬宓柳眉緊蹙著淺淺媚呼，抵在錦衾間的蓮足繃得直直的，強迫自己緩和那股奇妙的快慰。

「溼得好厲害，這裡……舒服嗎？」他用指腹按在敏感點上，本來癱在他懷中的喬宓登時一僵，藕白的小手環在他的頸間，似哭似爽地顫著聲，「舒、舒服，為何、為何這麼熱？」秀氣的鼻頭已然滲著薄薄細汗，那股從體內逐漸散出的熱，燒得喬宓意識有些混亂起來，本能地扭著腰肢，箍緊了身體裡的長指。

「熱嗎？告訴夫君，果果哪裡熱？」顯然方才餵她吃的東西發作了，嬌白一團的小小少女蜷縮在他懷中，如雪的嫩膚緋紅一片。男人空閒的大掌順勢落在她的玉頸上，染了一手的香汗，似乎真是熱極了。

「下面，下面熱！難受……嗚！」緊致的幽徑滾燙，愈泌愈多的黏滑潮湧般溢往花口。起初還只是撩人心扉的暖熱，可是愈是扭動，這股熱便燥了起來，燙得全身發癢，如墜入可怕的夢靨，急迫地開始渴望著什麼。

此時喬宓還殘留著最後的一線清醒，隨著那股奇癢在穴內竄開，她就知道這感覺為何熟悉了，分明就是春藥的效果，比上次景琮給她聞的合歡香還要可怕。

「唔~你、你混蛋！」櫻唇被她咬得泛白，迷離的貓瞳裡水珠不斷滑落燒紅的臉頰，浸滿熱汗的手憤憤地扯著夜麟黑綢般的長髮。

夜麟任由她扯著，插在甬道裡的雙指忽而快速抽動起來，淺淺的悶悶水聲中，喬宓最後一絲清醒也被他插得散亂了。陡然增加的一指填得蜜穴瘮澀刺激，徹底讓她淹沒在淫亂的欲火中。

「啊啊……插、插快些~要！」聽著聲聲嬌媚，夜麟面上的笑意也深了，微微俯身舔去喬宓臉頰上的淚水，「好好享受吧，孤的果果。」

夜國皇室的祕藥淫毒，雖比不了他上次咬她一口錯放的毒液，卻也是刁鑽厲害。這藥物一旦女子服下，會頃刻成為蕩婦，若無男子精元填入，這欲火便會一直不泄。

先前御醫說她元神損傷，最好能用本體交媾，由他補以精元和修為，方可固住一時虛弱讓她續養。不難看出此前景琮也經常這麼做，不然就喬宓那元神，早就沒命了。本來這東西夜麟是打算過兩日再給喬宓吃的，但是今日他忍不住了……

修長的手指一直插入到第四根，將嬌小的花穴擴充到極致，他扯開薄薄的羅裙，身下的金龍被褥已然溼了大半，手間的動作也進展得愈發順利。

欲火焚身的喬宓起伏跌宕地浪叫著，淫毒迅速侵襲大腦，她扭著水蛇細腰緊貼著夜麟的胸膛，一邊享受著長指的抽插，一邊迫切地求吻。「這藥果然厲害，瞧妳都浪成什麼樣了，乖些躺下，給妳吃大的。」

「給我給我～嗚嗚好癢！快點往裡面弄弄～」她這副模樣倒像極了那次在山谷時，意識不清地哭求著裴禎入弄。夜麟的眸色暗了暗，擴張得也差不多了，手指一拔便將迷亂的喬宓往床間一推，邪肆地撩袍騎了上去。

「果果看這是什麼？」一眨眼的功夫，纏在他腰間的凌亂蟒袍便消失了，強勁的胯部間挺著粗狂的陽物，惡意地用頭端在喬宓細白的小肚子上畫著圈圈。喬宓圓睜水泠泠的眼，額間熱汗淋漓，不住嚥著口水，貪婪地看著那巨蟒似的長物，猙獰碩大，是她目前最渴望的東西，「你插進來，呃～」

那火龍般的肉柱，從腹間一路滑向陰戶玉門，奇長的巨蟒重重地拍打著充血的小花蒂，刺激得喬宓嬌哭亂顫。夜麟撥開她兩條秀腿，被手指擴張過的蜜穴又緊得看不到洞眼了，他抹了一把花縫上的透明溼膩，用雙手扒開兩片粉紅陰唇。

「哭什麼哭，這東西只給妳吃，腿張大些，夫君就全把它餵給妳。」生硬的頂端套在了縮動的嫩唇上，夜麟的喉結輕動，眸色也愈發炙熱起來，耳邊盡是喬宓嚶嚶媚媚的哭喚聲，撩撥得他硬了又硬。

一寸一寸頂了進去，破開層層讓人窒息的緊密，就著水潤淫滑衝過了敏感點，蠻狠地摩擦著跳動的媚肉，一舉撞到了最深處。「啊！」壓著爽到不知道該怎麼叫喚的喬宓，夜麟仰頭高昂地吼了一聲，滿滿的快慰和興奮。

儘管被擴張過，花徑依舊密窒緊裹得厲害，長物炙熱而蠻狠地闖入，駭人的粗脹直塞得肉穴火熱，握著兩團晃動不停的瑩軟椒乳，夜麟凌厲的眸底紅光一片，「遲早要死在妳這身上。」

媚藥發作下的喬宓動起情來浪得沒邊，如同開春時發情的貓，一雙蓮足勾著夜麟健碩的腰杆，媚聲連連地隨著他的衝擊而搖擺。愈是往裡撞得凶猛，她便愈是歡愉，完全不似以往弄重了便要哭喊，「快些快些~嗯啊！」

夜麟不由得心火躁動，吻著喬宓那張豔唇，下身就狂浪地挺動。拍擊聲逐漸清亮，強烈的快感蔓延周身，常年冰冷的身體此時也被喬宓攀得熱度騰起，「放鬆些，別夾那麼緊。」

急促的嬌喘香細，夜麟的唇甫一離開，喬宓高昂的呻吟聲又大作起來。私密處被搗弄得奇癢快慰，箍著肉柱被狠狠脹充的花徑，已然被拍得情水四濺。

「鬆、鬆不了~呃啊！再重些，啊~」她仰著雪白脖頸弓起腰，在欲火交織的原始媾和中，淫靡豔逸得無法言喻。

掐著喬宓搖個不停的蠻腰，看著自己一次一次全部進入在她體內，夜麟意識到淫毒的藥效過烈了，不過這也正好是他要的效果。「果果，果果~」他瘋狂地弄幹著她，又不斷親暱地呼喊著她的名字，那種從內心深處得到的滿足感，讓他驀然有幾分醉生夢死。冷了二十來年的心，已經為了身下的女人一熱再熱。

喬宓被頂得眼花繚亂，從體內發出的搗弄聲騷靡浪蕩，幾乎寸寸焚燒她的欲火還在蔓延。意識混亂的她本能吸納著男人的進出，貪婪地尋求他身上逐漸褪去的冰冷。

微闔的櫻唇被撞得只能咿咿呀呀嚶嚀，那股可怕的快感迅速席捲上來，修剪整齊的十指不斷在夜麟的後背上抓撓著，留下一道道駭人的血痕。

「嘶！」火辣辣的刺疼激得夜麟墨瞳獸光大放，粗碩的頭端剛剛退到甬道中間，忍不住就猛力插了進去，撞開宮口，在喬宓的尖叫中直直塞進花壺，「別抓。」

「啊啊！」他粗重的喘息在她耳邊如悶雷般炸開，深交的過度快感讓喬宓瘋狂地搖起頭，迷離的水眸淚花亂落，在強烈的搗弄撞擊下，被堵住的花壺蜜水噴湧。傘狀的頭端已經卡在了深處，奇長的陽物被兜頭淋下的情液泡得更加火熱，夜麟掐著痙攣抽搐的喬宓，連連猛插。

「來了來了，全部餵在果果的肚子裡。」充滿情欲的聲線喑啞，他的話音將落，大股的濃灼就從他體內洩洪般噴出，激沖在她的身體最深處。他壓著尖叫逃離的喬宓，這個過程持續了良久。

「還、還要……」捂著微凸的小腹，情動的喬恣滿額細汗，淫毒並沒有因為一次精元沖激就消去，反而更加磨人了。她眨著溶溶水眸，勾在夜麟腰間的腳輕點，撩撥得男人脊骨間酥麻一片。

她嬌媚的聲音讓夜麟發笑，壓制在她身上的強壯身軀稍稍撐起，他舔了舔隆起的嫩乳，縱身慢慢將花肉夾住的陽物往外抽出。

「啊唔~別走，難受~」這巨物塞得水媚肉壁舒爽，甫一退出喬恣就急了，還來不及勾住夜麟的腰，「啵」的一聲便已拔了出去，隨之便是源源不斷的灼液從抽搐的花肉中淌出。

「別急，還有更大的東西餵妳吃呢。」只見他健壯緊致的腹肌下，驀然幻化出了本體，花紋漂亮的粗狂蛇尾瞬間占據了整張龍床。軟成泥的喬恣被尾巴捲起，張著腿趴在蛇尾上，泛涼的膩滑鱗甲刮得她微癢。

「尾、尾巴……」她透著緋色的臉頰微微失神，迷迷糊糊地戳了戳足有她兩個腰身粗的蛇腹，被淫毒情欲混亂的腦袋似乎清醒了些許。夜麟的呼吸漸沉，下一秒只見腹下三寸的蛇腹上，漸漸拱出兩團巨包來。白色染著金線的鱗甲甫分開，湊在近處的喬宓就瞪大了眼睛。

「啊啊~兩、兩個！」她被彈出來的一雙長物嚇得往後縮去，虧腰間被蛇尾勒住，不然早就摔下床了。夜麟從未用原形交媾過，腹下那兩根蟒柱比人形時還要碩大許多，形狀更是大不相同，一個奇長微勾帶軟刺，一個粗狂腫如錘、肉頭巨如傘，無論是哪個顯然都和喬宓下面幽窄的花徑尺寸不配。

「喜歡嗎？」好看的薄唇側邪魅的笑意深沉，半變回原形的他，已經帶了幾分摧殘的獸欲，迫不及待地想用本體入那銷魂的祕處。那一定會很美妙，他甚至能看見喬宓會如何坐在他的蛇身上連連哭叫。

第三十九章

夜麟捉過喬宓綿軟溫熱的手，在黑紫色的大肉柱上滑了一把，細嫩的手心被軟刺刮到了，她嚶嚀一聲，呆呆地趴在他的尾間，遲疑地看著那兩根前所未見的腫大凶器。

「果果想要先吃哪一根呀？」他勾著她的小臉，惡意地挺了挺蛇腹間勃起的大東西。喬宓似乎有些眩暈，但是身中淫毒的她似乎根本就拒絕不了這樣的巨型肉柱。從她的眼神中，他看到了渴望。

「那就這根吧。」和她手臂一般粗碩的微曲獸器黑紫猙獰，白色的軟刺看似毫無威脅，卻會在進入蜜道後勾住她的媚肉，軟刺之下還有不同大小的凸粒，這絕對是一根能弄瘋女人的大凶器。

夜麟伸手將喬宓抱入懷中，大概是腰間纏著的蛇尾箍得太緊，微凸的小肚子被這麼一擠，穴口便冒出了大股白色濁液，染得他墨色的蛇背一片淫穢，「還在淌呢，沒事，等會再給妳多餵點。」

稍稍抬起的私處已然紅腫，兩片嬌嫩的蝴蝶花唇不復淡粉，被肉柱侵占後的花口抽搐不停，夜麟用手掌按了按喬宓的小腹，就見一股灼液從她下身噴出。淫靡的空氣中，男性的精水麝香味愈發濃烈。

喬宓嗚咽著趴在夜麟懷中，緋紅的臉燒得火熱，淫毒的欲望又飢渴了幾分，嬌軟無力的雙腿騎坐在冰涼的蛇腹上，忍不住磨蹭幾下。

見她等不及了，夜麟調整了一下姿勢，便將溼漉漉的花穴往挺起的彎長蟒柱上抵去。窄小的嬌花唇口溼熱，相比之下他的分身便有些冷硬，冰冰的肉頭甫一對準火熱的花唇，喬宓便是狠狠一顫，「好涼。」

「乖，進去裏一會就不涼了。」可是要入進去又談何容易，獸化本體的生殖器可是人形的兩倍大，夜麟耐著燥氣試了好幾次都沒能將頭端塞進去，反而是喬宓又疼又急，被欲火折磨得泣哭不停，「不要這個了，不要這個！」

夜麟的眸底獸光翻湧，儘管剛剛做了一次，竟然還是插不進去。他兀自在喬宓腿心間摸了幾把淫水塗滿肉柱，高漲的欲望已經快殆盡他的耐心了。他仰靠在榻畔的隱囊之間，將兩支分身挺立的白色蛇腹朝上，起初還盤旋的長尾全部滑到床下，後來實在不行，就甩著尾稍將喬宓再次捲起抬高在半空中。

扶著黑紫色的帶勾粗碩對準她的花心，緩緩地將她往下壓來，圓頭終於進去了半分，敏感縮動的媚肉不受控制地被一點點擠開。

「啊！」喬宓圓瞪著水眸，迷離的目光中有了一絲痛意，不斷進入的東西實在太大了，她悚然地咬緊了唇，被撐到極致的花口嫩肉快速顫動著。

隨著不斷的深入，冰冷梆硬的頭端整個塞進了甬道，被層層肉褶箍緊，刺激得夜麟的蛇腹興奮地起伏不定，纏在喬宓腰間的蛇尾更是愈發緊了，「果果看呀，這麼大的妳都能吃進去，真厲害。」

少女瑩白的腿張開夾在蛇腰兩側，腿心被磨幹撞擊得通紅，相比之下他那根正在侵犯她的蟒柱就顯得格外猙獰了。黑紫粗長上的軟刺因為刺激而漸漸變硬，看起來駭人極了。陷入綿軟花穴的蟒頭艱難地突破著幽深的甬道，隨之進入的棒身摩擦著被撐得渾圓的花口嫩肉，微硬的軟刺刮得喬宓嚶嚀顫抖。

「別動。」她那一顫一抖弄得內壁痙攣，好不容易進到花徑半中的夜麟被媚肉夾擠得額間青筋跳起，毫不留情地掐了掐她的小屁股，屏了一口氣就將蛇腹往上一頂。

「啊啊——」喬宓被他這突如其來的一個猛入插得香汗直冒，小手扣著腰間的冰涼蛇尾，喑啞地尖叫兩聲，頃刻間整個下半身都麻了。

蛇尾退開了，沒了外力抬起的喬宓跌坐在夜麟的腹間，碩大圓形的花口泛白，漂亮的花心被撐得失了形，堵在其中的紫黑蟒柱還差小半截未進去，另一根如錘凶器危險地貼著菊縫，沾染了幾縷水液的蟒身淫亮蓬勃。

微涼的圓頭剛好抵在嬌嫩的花蕊上，一片淫滑密實中，夜麟挺進的獸器也不敢輕舉妄動，他需要時間緩解這股蝕骨的舒暢和心底漸起的獸性。

「肚子、肚子好脹，嗚嗚……」喬宓趴在他懷中嚶嚶哭了起來，聲音又不敢過大，壓抑得很，光裸的纖秀後背上全是汗，小手撐在他的蛇腰上，好幾次在冰涼光滑的鱗甲上打滑。

夜麟將她提了起來，往下一看，眸光瞬間火熱了幾分。只見少女雪白的小肚子被埋在體內的獸器撐得高高凸起，隱約還能看見他顫動的痕跡。人形進入時雖然也能將她的肚子弄成這樣，可是絕對沒有這麼壯觀，看得他獸血再次沸騰。

「這麼明顯啊，看來真的挺大，等會弄起來果果有得哭了。」修長的手指隔著肚皮摸了摸，裡面的蟒身已經被裹得熱了起來。插到這個地步顯然已經是到底了，夜麟看了看喬宓腿心間還剩下的小半截黑紫巨根，邪魅一笑。

「要開餵果果咯。」揉了揉她髮間懨懨的貓耳，連帶垂在他蛇腹上的貓尾也沒什麼活力，可憐得叫他心癢如麻。獸器才輕輕抽動一下，喬宓就顫搐起來，迷亂心智的淫毒再次燒起，水嫩的肉壁綿軟，新一輪的蜜水涓涓泌出。

「不、不要動～呃唔！」他每動一下，退進之際，粗狂柱身上的細小軟刺便變著方向刺撓在花壁媚肉上，這股新奇的澀疼，幾乎讓喬宓癲狂。可怕的是不只疼，還有一陣極致的怪癢刺激。

此前被景琮用本體疼愛過的喬宓很快就適應了蟒化的分身，騎坐在整根猛然插入花壺的蟒柱上，隨著冰冷的蛇腹高低起伏，被軟刺勾撓的快慰悚然加劇，「啊唔！好刺激～」

和人形差距太大的獸器帶給她完全不一樣的體驗，又與景琮的炙硬虎鞭不同，這根直挺挺深入私處頂弄的大凶器，怎麼裏都還是透著一股涼意，這無疑讓火熱的媚穴抓狂渴望。

夜麟甚至不需要動手，享受地靠在隱囊上操控著蛇腹靈活震動，便能將赤裸的少女撞得大起大落，墨黑泛著幽光的眼睛一直含笑看著兩相交接的地方，沾滿情水白沫的黑紫獸器似乎又粗勃了許多。

「果果的花肉都被弄翻出來了，叫得這麼大聲，看來是真的喜歡，慢慢吃吧，後面還有一根呢。」周身火熱一片，喬宓的聲聲尖呼無不透著歡愉和淫樂，小手勉強撐著夜麟健碩的前胸，蹲坐在白色蛇腹上的渾圓臀縫下，還夾著另外一根形狀詭異的粗大獸器，來回蹭著她的菊穴。

她被劇烈地顛簸著，眼見小肚子被巨蟒頭頂得凸起，花口的淫水亂濺。前面這一根都能入瘋她了，更別提後面還有一根，本能地縮緊穴肉卻吸得軟刺凸粒更加硬生生地刮蹭。

「呃呃呃～裂了，要裂了……」被粗大填滿的內壁實在是太脹了，快感之餘讓她還有一絲恐懼，似乎下一秒就會被這大凶器撕裂。在喬宓略帶哭音的喘息中，夜麟把玩著她胸前的圓潤雪乳，算是給她一個支撐，蛇腹頂得愈發激烈，深陷緊密水嫩花肉的本體生殖器，毫無保留地侵犯著。

「怎麼會裂呢，以後這裡還要生孩子呢。」他捉過她的一隻手，往子宮上方按去，那裡飛速凸起的一團是獸器的猙獰形狀，才壓了一下，喬宓蹲坐在蛇身上的嬌軀就抽搐起來，一股溼膩溫熱的透明水液在肉柱抽動時從穴口淌滿蛇腹。

「嗚嗚～別按那裡！好難受～」淫毒發作的欲火遭遇獸化的他，絕非一般人承受得住的極度刺激，喬宓也是這會徹底明白什麼叫欲仙欲死。身體裡那根大東西，能給她極致的歡愉，也能讓她頃刻窒息。

甬道深處的淫靡水聲洪亮，隨著蛇腹漸漸盤踞，被抬高撞擊的喬宓，瑩白腿心夾著淌滿蜜水的鱗甲蛇腹，好幾次差些滑向一側去，被夜麟扶正時體內的獸器又蓬勃了幾分。

如他所說，她被幹哭了，哭得不能控制，只能聲聲哀求著他快些結束，「我不行了，不行了～別插了，啊啊！好疼～」

原始狂野的蟒化大肉柱已經抵進了宮口抽動，若不是淫毒作祟，喬宓現在恐怕早就被脹暈過去了，整個幽深甬道中絞動的嬌嫩穴肉被軟刺齊齊撩勾，尖銳的刺疼痠癢在穴內陣陣炸開。

「爽到了吧？」獸器太長太粗，抵在宮頸裡的抽動緩慢下來，經歷過快速撞擊的媚肉一時間反倒被這種細膩的摩擦折磨得撐不住了。察覺到淫膩花肉不正常的顫動緊縮，夜麟就知道喬宓要泄了。

「啊！！」比先前的高潮還要激烈，她整個人騎坐在蛇腹上一陣狂亂痙攣，突然往旁邊一歪，竟然讓套在肉柱上的花穴脫離了，夜麟還未將她抱住，只見她倒在床榻上，合不攏的腿間，嬌嫩紅腫的花口被撐出了一個幽幽的深洞。

一大波可觀的透明水液嘩啦啦地噴射出來，四泄在床榻和蛇尾上，看得夜麟眸色發沉，喉頭重動。「還是第一次看妳噴這麼多水呢，味道不錯。」他舔了舔手臂上濺到的水液，看向抱著小肚子被幹到失神的喬宓，微啟的嫣紅小嘴已經發不出聲音了，呼呼的急喘如同離了水的魚，看上去可憐又可愛極了。

再看看蛇腹間依舊挺起的黑色肉柱，一根是灼白一片，已經到了射精的重要關頭，另一根還沒嘗到情欲的味道呢。

「乖，再忍忍，不然可就前功盡棄了。」他用蛇尾將她捲起，撥開癱軟的腿往腰間分去，得趁著花穴被弄開的空檔再度插入，不然等她恢復緊致之後，再想插進宮內射精又得費一番力氣了。

抵著空蕩蕩的花洞，巨碩的獸器緩緩探入，痙攣的花肉果然正在絞緊，撐開層層繞繞的媚肉花褶，他再次深深頂上溼滑的頸口，重重地撞了好幾次才插進緊致的深處。

半暈狀態的喬宓下意識地彈動掙扎，卻被夜麟牢牢壓制，不斷按著她往獸器上坐，眼看小腹被再次頂得凸起，他忽而咬住了她的雪頸。半蟒化本體的第一次射精極致銷魂，夜麟心頭本能地翻湧起嗜殺的野性，濃濃的獸液滾滾沖進小小的子宮，將那裡一點一點地脹大。

喬宓被噴湧的精水脹得忍不住扭動，卻被夜麟更加咬緊，疼得細聲嗚咽，僵直了後背瑟瑟發抖，任由獸液將淫毒澆滅。和他冰冷的獸器不同，裡面噴出的精水格外滾燙，很快喬宓就察覺到不一樣的感覺，自腹下氤氳的熱息漸漸讓她無力的手腳有了活力。

這股熱息並不是淫毒的燥熱，而是來自精元的修為加持，讓她周身開始流轉暖暖的舒暢。她禁不住地嚶嚀一聲，「好舒服……」

「如此就好。」他用手指撩開她散亂的溼濡長髮，看著恢復血色的粉頰，顯然是被精水滋潤了元神，滿意地寵溺一笑。

不過很快她就不舒服了，因為夜麟將她的小肚子射得滿滿後，拔出了前面的獸器，緊跟著就插入了後面那根更甚粗壯的凶器，傘狀的肉頭不僅將外溢的精水堵了回去，連她泄出的情液也一併擠到了花心深處。

「太脹了！嗚嗚～快拔出去！」回應她的則是大獸器一次一次更加凶狠的侵入深處，顛簸得腹中精水都嘩嘩作響了起來……

第四十章

冶狼城的戰報傳來時，喬宓就在夜麟身旁，大概是那日獸交後精元滋潤過盛，她那殘破的元神雖然穩固了不少，人卻有幾分嗜睡。外頭冬雪愈寒，太子宮殿的暖閣裡，喬宓偎在夜麟懷中睡得正香甜，似乎是有些熱了，赤著的瑩白蓮足不停踢開裹在腿上的黑狐絨毯。

看著奏章的夜麟不時為她重新蓋好，凌厲黑眸間溺光暖鬱。阿七捧著戰報進來了，沉穩的步伐透著匆忙，腰間的佩劍磕著玉石清響。懷中酣睡的少女貓耳敏銳，立刻有了轉醒的跡象，夜麟不禁皺眉冷冷地望向跪在底下的人。

「殿下，冶狼城急報！」

夜麟眸色一沉，打開日月紋底的戰報，才看了一眼，稜角分明的俊顏上便是一陣冷笑，「裴禎出兵了？我倒要看看他這千人之力，要如何奪城。」

懷中的喬宓在聽見裴禎二字時徹底醒了，烏黑的秀目輕動，順著夜麟的手拿過了戰報，他也不阻止她，任由她去看。急報慣來言簡意賅，只說裴禎出征不日便抵南洲，恐失防。喬宓心緒頓亂，千人之眾？為何景琮不放兵權給他？

夜麟瞄了一眼怔怔愣神的喬宓，知道她是在擔心裴禎，玉色的長指摩挲在她的粉頰上，冷哼道：「怕他有來無回？放心吧，我會下令活捉他，到時候定要當著妳的面，將他打回原形挫骨揚灰。」

「你！瘋子！」將手中沉甸甸的戰報一擲，喬宓便憤懣地從他懷中跳起，撈過一旁的珠繡深衣披上，準備下榻離去。夜麟卻不甘休，雖然這些時日兩人的關係緩和了不少，但是喬宓的心顯然從來沒有在他這裡過。往日不提也罷，今日一聽見裴禎的名號她便如此神色，怎叫他甘心。

「啊！」腳上的宮緞繡靴才穿到一半，喬宓便被夜麟箍著柳腰拉了回去，當著阿七的面，他也不忌諱，惡狠狠地在她唇間碾轉，急得喬宓不斷捶打，直到吮得粉唇殷紅他才鬆開了她。

「這麼久了妳還想著他們，妳置我於何地！」薄唇落寞地緊抿，深邃的眼中說不清道不明的情愫漸增，活脫脫一副妒夫之相。喬宓頭暈得厲害，纖細的手腕被他捏得生疼。誠然，除了不顧她意願將她綁來夜國，夜麟已經恨不得將心掏給她了，可是……

「我最先遇到的是他們！」

她的話讓夜麟更怒了，「最先？妳竟然跟我論先後？」三年前她就是他的未婚妻了，若論先後，景琮裴禎都分明在他之後！

「妳這女人究竟有沒有心？」夜麟憤怒又挫敗，高高在上掌控帝權的他，從來沒想過有朝一日會遇見一個叫喬宓的女人，讓他如此牽腸掛肚，愛而不得。他不想與她爭吵，喚了宮娥過來，將喬宓送回寢殿去。

待人走遠了，他看向靜靜垂首跪在地上的阿七，神色陰鬱不已，大掌一揮便將矮榻上的憑几掀翻在地，「傳書給殷北魔君，孤會讓援兵過去，讓他戰後立刻帶魔族去冶狼城後阻殺裴禎。」

之前夜麟是打算讓景國軍隊滅掉殷北魔人，他再趁虛而入，現在顯然是不行了。一旦殷北沒了，他新奪下的冶狼城就危險了，還不如先救下魔族，讓他們去前線廝殺，不論成敗對他都有益。

喬宓回了寢殿還有些失神，似乎已經很久沒有從夜麟身上感覺到那股壓迫了，她也漸漸地不再怕他，和他的相處愈發像與景琮和裴禎一樣隨意起來。她下意識地摸了摸左側的心房，他不是第一個說她沒心的人了。景琮也這麼說過，現在的夜麟和那日的景琮有著一樣的挫敗和失落，那是她看不懂、卻又莫名心疼的無力。

「聖女，右側妃請您到玉華殿一趟，她有事與您相商。」

喬宓的思緒被打斷，看著面龐生疏的小宮娥，她直覺寇薇找她不是什麼好事，恐怕是為了今日夜麟要遣她出宮一事吧？

「回去告訴寇側妃，我身體不適不能出門。」

小宮娥卻撲通一聲跪在地上，哭喊道：「側妃說求求您了，她在宮中沒有朋友，臨走前想說些事情，特別是關於您的。」

「關於我？抱歉沒興趣。」想起那日寇薇揮鞭子的狠毒，喬宓還有些怕得慌，她這小貓身子可禁不住打。

小宮娥似乎料到她會這麼說，咬了咬唇便大膽地說道：「景國。」

跟著宮娥走在雲道宮廊上，四面湧來的凜冽寒風吹得喬宓微顫，走了許久都沒到玉華殿，她便有些遲疑，還問了身側夜麟宮中的侍女。「確實是去玉華殿的路。」也不知道是不是警惕過度，喬宓總覺得心裡毛毛的，好不容易到了玉華殿，寇薇的宮娥卻說只許她一人進去，把她帶來的宮娥擋在了外間。

「妳們便在這裡等著吧，若是遲遲不見我出來，便去找太子過來。」小心翼翼地進了殿中，還未曾站穩腳，身後的宮門便轟然關上，驚得她轉身想要離開，殿中卻響起了另外一道聲音。

「妳便是蒼驊的女兒？」喬宓攥緊了手心，看著負手站在殿中的高大身影。他身上的玄龍大氅已經表明了他的身分，在他轉過身時，喬宓還是不免驚愕。

和夜麟相似幾許的面孔並無過度的蒼老之態，甚至還很年輕，神似的邪魅鳳目微挑間，還有股說不出的妖冶。但是直覺告訴她，此人比夜麟還危險。夜國的帝王，夜煊。

「不知陛下召臣女前來，所為何事？」早就知道寇薇不會找她了，卻怎麼也沒想到真正要見她的會是夜帝，情況更加不妙了。

夜帝踱步而來，待近了些喬宓才發現他的瞳孔竟然是幽藍色的，溢著詭異的笑，嚇得她連退了好幾步，後背撞在了牆壁上。

「能讓朕的太子動心的女人，妳可是第一個。」

同為上位者，他的一舉一動和景琮頗為相似，這是喬宓最為抵觸的一面。她避開他懾人的視線，小巧的下顎卻被冰涼的手指扼住，絲毫不給她抵抗的機會，泛白的臉便被他掰了過去。

「不敢看朕？」被迫對上那雙幽藍的眸，喬宓的腿都有些軟了。那雙眼睛過於邪氣，儘管夜帝的權勢早已被夜麟架空，可是帝王的威嚴仍盛，「朕的眼睛不好看嗎？」

喬宓的下巴被他捏得生疼，似乎再用些力道就能捏碎，她驚懼地看著他，思考著他究竟要做什麼，「好、好看的。」

夜帝漫不經心一笑，終於鬆開了喬宓，沉聲道：「朕的兒子裡，唯有麒兒繼承了藍眸，他才是朕定下的太子。說起來，他若是還活著，妳該是他的未婚妻。」

對於夜國皇室的祕辛喬宓知道得不多，但是大皇子夜麒她還是有所耳聞。三年前為了爭奪太子之位，夜麟將他的皇兄夜麒打回了原形，抽了筋剝了皮，手段極其殘忍。

「陛下……」喬宓看著愈靠愈近的夜帝，她緊張得後背發涼。

漾著藍色幽光的妖冶眸間忽而散出陰厲之氣，在夜帝伸手朝她頸間掐來時，喬宓眼疾手快地使出了周身的術法，朝他胸前攻去。夜帝下意識的抵擋間，她看准了時機，趕緊往緊閉的宮門處跑，「來人啊！來人！」

「真是不乖的小貓。」喬宓方才的攻擊並沒有傷到夜帝，反而激起了他的興趣，本是要朝她後背揮去直取性命的紅光，卻改道打在她的腿間。只聽見她慘叫一聲，便重重摔倒在地。

捂著像是被折斷的右腳踝，喬宓疼得小臉煞白，眼看著夜帝頎長的身形一步一步逼近，便知今日逃不過一劫了，「你要，要做什麼?!夜麟很快就會過來的、啊！」他竟然拽著她的右手，將她往殿內拖去。在冰冷光滑的地磚上被拉出幾尺後，喬宓尖呼著抓住了身側的鎏金圓柱，五指緊緊扣著柱身，咬緊了牙根。

金紗帳幔輕揚的大殿內，一張大床就在不遠處，喬宓約莫知道了他要做什麼。

「既然不願意去床上，在這裡做也一樣。聽說那孽子與妳用原形交媾過？等會朕倒也可試試。」夜帝不再執著將人往床上帶了，鬆開喬宓，長指解開了自己身上的玄龍大氅往地上一扔，長腿一跨便往地上的少女嬌軀壓去。

「放開我！你走開！」現在喬宓徹底知道誰才是真正的變態蛇了，相比夜麟，沒節操到睡兒媳的夜帝，簡直是變態中的變態。

「繼續哭大聲些，妳不是說那孽子就要過來了嗎？也好讓他看看，朕是怎麼疼愛他的女人。」他妖冶的面上狠厲異常，十指硬生生扯開喬宓的衣襟。這麼多年了，凡是入太子宮的女人，每一個他都碰過，夜麟卻一直忍而不發任他發洩。如今他倒是好奇得很，為了皇位他還會不會繼續忍？

破碎的層疊上裳全被扯到了腕間，裸露的香肩鎖骨被寒冷的空氣凍得瑟瑟發抖，喬宓卻是發了狠不讓夜帝得手，拚命抓撓掙扎著。夜帝冷不防被她抓了好幾道血痕，戾氣大作。

「夜麟夜麟！你這個王八蛋，快點救我啊！」眼看著唯一蔽體的嫩色肚兜就要被扯下，緊閉的宮門突然被踹開了，飄著飛雪的寒風猛然灌入，壓在喬宓身上的人這才停下了動作，轉身望去。

「父皇，你這樣做就太沒意思了吧。」逆光而站的夜麟衣袂飄然，邪肆的眸光冷寒，看著被壓在地上的喬宓，嗜殺之心陡然加劇。

要等的人終於出現了，夜帝倒也不急著放開喬宓，抓著不能動彈的嬌軟少女箍在懷中，長指摩挲著光裸瑩白的香肩，沉聲大笑，「朕的太子忍不了了？可是要弑父篡位？」

夜麟冷哼，「弑父又如何？篡位又如何？我能容忍你動這世上任何一個女人，但是唯獨她不行。」死寂的大殿，瞬間殺意暗起。

第四十一章

「嘶！疼，你輕些！」喬宓這一聲痛呼，夜麟握著她腳的手不禁鬆了又鬆，替她癒傷的術法都不好加劇。恐怕是狠狠嚇到了，她俏生生的小臉上還煞白一片，讓他心頭一軟，早將上午兩人在殿中的爭吵拋到了腦後。

「馬上就好了。」這女孩平時看起來膽小，關鍵時候倒是野得很。能將他父皇抓得一臉血痕，她也是頭一個了。落得這一身傷，也不知該說她勇氣可嘉，還是笨得出奇。

「下次再遇到這種事，別那麼傻，乖乖等著我來救你。」他不敢保證從今往後還會不會有這樣的事情發生，但是他能許諾，無論何時何地他都會去救她，去保護她。

又是那種霸道的口氣，喬宓撇嘴嗤之。除了腳踝被夜帝打傷，手腕和腰間也有不同程度的傷，看著夜麟仔細地一一為她治療，憤赧的話也有些說不出口了。

「你今日傷了他，不會有事吧？」如今夜國明面上是夜麟掌控，可是夜帝為君多年，怎麼可能輕易倒臺。今日夜麟為了救她，揮出的那一掌幾乎能要了夜煊半條命，只怕會惹來禍災。

夜麟正低頭為她癒傷，投下陰翳的側顏微沉，轉瞬抬頭，黑眸裡星光爍爍，「妳這小沒良心的，總算知道擔心妳夫君了？」

這玩世不恭的樣子，惹得喬宓抬腳往他臉上踹去，「我和你說正經的，你……」

他輕而易舉就接住了她的腳，捏著纖細的腳踝，一臉邪笑地張口含住了圓潤的腳趾。唇齒生涼，輕舔微吸間，激得喬宓心頭酥癢一片，「放、放開！唔～」

方才還慘白的臉這會終於紅潤了些，羞若春華的桃緋暈開，禁不住地輕嚀一聲，喬宓這才發現夜麟看她的眼神已透露著幾分凶光，那是男人求歡的信號，「你別亂來，青天白日的！」

她身上的傷已癒合得差不多了，夜麟也沒什麼顧忌，頎長的高大身形霸蠻地欺了上來，將扭動不停的嬌軀壓在身下，逗玩著她的貓耳，「青天白日就不能和自己的女人歡愛了？寶寶乖，今日妳受驚了，且讓為夫身體力行給妳壓壓驚。」

粉嫩的唇瓣被他吻了又吻，喬宓那三腳貓的功夫怎麼躲得開他的強勢進攻，香甜的檀口被他攪得冷香混合，吸了她的口涎又渡了他的口水餵她喝下，玩得不亦樂乎，「乖些，今日傷了那老東西，我怕是要不得安寧了，趁著如今還完好，趕緊給孤生個孩子。」

喬宓暈暈乎乎地愣怔，也不知他話中真假。剛想細問，身上的衣裙已被他盡數褪下，姣好的女兒身光裸，放肆欲望的男人目光瞬間炙熱。察覺到她的輕顫，俯在白嫩胸前舔弄乳尖的夜麟微微起身，慵懶地咬了咬她的耳垂，輕聲道：「放心吧，今日不化本體。」

這大概是他最溫柔的一刻。看著他眼中的滿滿情愫，喬宓像是受了蠱惑般漸漸放鬆了抵觸，藕白的嫩臂緩緩勾上他的頸間，櫻桃丹唇不再壓抑，嬌囀的媚叫盈盈。手指探進花縫中時，如織柳腰難受地款擺，蒼勁的指腹攪旋，花徑中的嫩肉頃刻吸附，甬道中不多時就溢出了蜜汁。

夜麟清楚喬宓的敏感所在，刻意往那處的軟肉上按，一指塞穴裡，一指壓著花縫上的花核，齊齊用力挑弄，直刺激得喬宓渾身發軟，深處怪癢。「啊唔~別按了，好痠~」痠澀澀的快感直衝頭際，小腹間燥熱騰騰，花間的蜜水也愈發潮湧起來。

拔出手指，夜麟迫不及待地放出胯下巨蟒，看著身下動情的喬宓，粉腮桃夭的嫵媚誘人，撩撥得他更硬了，碩大的圓頭往溼濡的花縫上一抵。

「進來了，果果的穴好熱，好會吸~唔！」那似是水做的嬌嫩蜜穴，緊緊地裹住肉柱，愈是往裡插便愈是絞得爽快，銷魂的快感侵襲，一時沒壓住獸性，冷硬的巨根就猛地插入到底了。

「啊！」喬宓被他撞得弓起纖腰，難受地尖呼一聲，還沒來得及緩解那股異常的麻脹，夜麟便快速挺動起來。相比先前溫柔的前戲，這會的他猶如出閘的野獸。

「輕、輕些啊～呃呃呃！太深，太深了～」水滑的媚肉被快速摩擦，深處的敏感花心更是被搗了又搗，他似乎從骨子裡就散著一股蠻狠，抵著喬宓的私處狂入猛幹，撞得瑩白腿心迅速紅腫。

「告訴夫君，爽不爽！」脹滿甬道的肉柱格外猙獰凶猛，極致的填充狠幹，頂得喬宓嬌喘中泣哭連連，軟軟的淫叫都被他撞得破碎不堪，只能從鼻間輕哼呻吟著。

「說，喜不喜歡我！」他野蠻地壓制著她，一個勁地往宮口上衝，揉著她胸前的兩團瑩白，猩紅著眼睛偏要喬宓說出他想聽的話。逃不開這陣狂風暴雨的頂撞，喬宓便不停嬌泣，「爽～喜歡你～太深了！啊——」

膩滑的甬道幽幽火熱，粗壯的肉柱勢如破竹地蹂躪嬌花，最深處的頭端好幾次頂在宮口裡，又扯了出來，極端刺激著喬宓的情欲。

「要不要為我生孩子？」啪啪啪的拍擊聲中，熾烈的巨根無數次插入宮頸，花水噴濺的當頭，他的喘息聲也愈發粗重，咬住喬宓的雪頸。只看那精壯的後腰不斷起伏，身下盡是少女被極端疼愛的哭叫聲。

「嗚嗚！為你生，為你生～啊！」她斷斷續續地才喊完，本以為會輕些的撞弄卻愈發加劇，肉頭發狠插入花心，搗得竄起的酥癢四散，內壁忍不住抽搐縮緊。巨大的衝擊力再次讓他頂進了頸口，那個被侵入過太多次的地方依舊細得可怕，箍緊了鑽入的巨根，爽得夜麟頭皮發麻。

「放鬆些！」拍了拍喬宓的粉臀，掐住她浸滿細汗的柳腰，她的緊小幾乎讓他瘋魔，不顧她的哭喊，便在那細道中緩緩進出，直到徹底將頭端嵌入深處，他才停下動作。

「每次疼妳都能要人命，裡面可真燙。」女人最神祕的私處被他侵占著，內裡的滾燙讓他舒暢得無以復加，難得他那般奇長，衝進了深處還能好整以暇地填滿著她的花徑。

停緩的片刻，夜麟額間的熱汗漸增，只覺那幽深的蜜道裡，摩擦過度的敏感花肉，緊緊地吸附著他的分身，似是在吸又在跳動著裹弄。稍稍打轉，細緻淫滑的緊密花肉便絞得更緊了。

「嗚嗚～別動別動！」被深插入宮的喬宓也不敢亂動，一味本能地絞緊穴裡的大肉柱。那猙獰的東西不動時，就似在她花壺中生根般，嬌嫩的媚肉抽搐，還能裹出肉棒上每一條暴起的血脈。

喬宓的秀腿雙雙纏在夜麟矯健的腰間，本以為能緩衝，但是情況更加不妙，焚燒的欲火加劇，自穴中漫出的奇癢灼人。

「我來餵妳！」話閉，夜麟就再度馳騁起來，摩動著潮湧的花壺，最深程度插入了數十下，在喬宓撕心裂肺的尖叫聲中，精關猛開。

一大波濃灼的精水瞬間沖擊在宮壁上，喬宓瞪大眼睛弓起腰泄了身，很快便跌回床間，雙目迷離地看著頭頂華麗的寶珠圓帳，只覺得小肚子明顯漲滿了起來。

「妳自己答應的，為我生個孩子。」夜麟不改執念，居高臨下地騎在喬宓身上，散亂的黑綢長髮稀疏落在兩人身上，青絲纏繞，說不出的曖昧。在肉眼看不到的祕處，他正將屬於他的東西一波一波射進她的肚子裡。

輕戳著她微凸的雪白小肚子，血光流轉的黑眸間有些陰沉。他迫切地需要一個有著她和他共同血脈的孩子，無論性別，他都將帶著那個孩子登上夜國的帝座，給其萬世榮耀。

灌滿宮壁的精元湧動間，他並未急著拔出，而是俯趴在喬宓的身上，極盡溫柔地替她擦拭著額間的細汗，親吻她的粉唇，感受著她促急的嬌喘香息。「叫聲夫君吧。」上一次他說這話時，全然是逼迫的狷狂蠻橫，這一次他變了。

高潮的快感餘韻還在不斷擴散，喬宓的腦中空白一片，耳間卻清晰地重複著他的低喃，如夢似魘地隨著他的話輕動了唇，「夫、夫君……」

這一刻，夜麟心頭的某一處坍塌了，齊齊沖進心頭的歡喜和幸福，幾乎讓他欣喜若狂，纏著喬宓便加深了動情的溼吻。「果果，我的果果～」他知道，從今往後，他的這顆心再也不是自己的了。

裴禎首戰奪回南洲三郡的消息震撼了夜國上下，他甚至並未動用駐守的大軍便連連大捷，自此景國裴相之名大盛。夜國軍隊直接敗退冶狼城，恰逢殷北魔君率魔族增援，冶狼城的惡戰拉開了帷幕。

一年中最冷的這月即將過去，不知不覺間，喬宓已經到夜國兩個月了。看著寢殿中為夜麟準備行裝的宮娥，她便心緒繁亂。裴禎來了……

從朝堂回來的夜麟神色冷凝，看著站在窗側的喬宓，霸道的眉宇間才有了幾分柔意，將人圈人懷中，「我明日便走了，到時候阿七留下來保護你。那老東西如今傷勢加重做不了什麼，宮中我也打點好了，妳別亂跑，乖乖等我回來。」

他將下顎輕放在她肩頭，微涼的俊美面龐緊貼著她的桃頰親暱地磨蹭著，星光爍爍的狷狂眸底是說不出的眷念，「我已經將妳的名字親手刻上玉碟，待我回來後，便舉行大婚。」他要她風風光光地成為他的妻，他的帝后。見喬宓不語，他甚是無奈地揉了揉她的頭，軟綿的貓耳茸茸，柔得他的心都醉了。

翌日一早，喬宓還窩在暖暖的被褥中睡得迷糊，察覺臉頰生冷，微虛著眸隱約看見夜麟穿著金甲坐在床頭。那模樣俊美英武霸氣，可惜她被他翻來覆去折騰了一夜，睏意實在太濃，也沒聽清他說什麼便睡著了。等到再醒之時，才知道他已經走了。

「走了啊？」她失神地看著盈盈繞繞的金花帳幔，心中莫名發酸，腿間私處熱流外溢，她下意識摸了摸小腹，想起昨夜他一次又一次撫摸著那裡，說不出的執著。

第四十二章

夜麟走後的幾日，喬宓過得無比清靜，他說將宮中一切都打點好了，原來是將東宮的那些女人全都遣走了，讓她落個自在。每隔一兩日便會收到從冶狼城送回的書信，隻字片語間，常是夜麟叮囑她乖乖用膳、添衣保暖，但從不提及戰事如何，讓喬宓有些惶惶。

直到裴禎出現在太子宮殿，喬宓才知道夜麟戰敗了。

「小喬。」那日午後暖陽初出，喬宓便在寢宮西側的暖閣看書。穿著禁軍裝束的人進來時，她並未在意，直到那人喚了她一聲，熟悉的溫柔讓她猝然抬頭，不可置信，「子晉哥哥？」

「是我，我來帶小喬回家。」裴禎取下沉重的頭盔，儒雅清貴的面上終於露出了笑意。

喬宓瞬間鼻頭發酸，連忙從矮榻上跳下來，撲進裴禎懷中。那股寧神的淡淡蘭草香息讓她恍然，紅了眼眶在他懷中抬起頭來。

「真的是你？你怎麼到夜國來了？」攬著喜極而泣的喬宓，裴禎輕柔地替她擦拭著淚水，清雅的眸中鬱光幾乎溺成了一片，「收復冶狼城之後，我便連夜趕往夜都，今日才進宮來，幸好找到了妳。」

一如既往的親和溫潤讓喬宓依賴不已，她偎在他的懷中面色微變，喃喃道：「冶狼城收復了？那夜麟呢？」

曾經夜麟對冶狼城、乃至景國勢在必得，如今親征卻戰敗了，他那樣傲氣的人會如何？

裴禎何等聰明，立刻察覺喬宓提及夜麟時的異樣，溫朗的眉宇微蹙，摸了摸她的頭，從容回道：「他帶領軍隊撤退了，我走時收到暗報，他與殷北魔君反目，大概是去攻打魔族了。」

喬宓莫名鬆了口氣，他還有心思去打魔族，便說明沒傷到。

「小喬跟我走吧，他還在等妳回去。」這個他，當然指的是攝政王景琮了。觸及裴禎目間的脈脈柔情，喬宓便哭得更厲害了。這人真是比她還傻，忍不住將臉埋在他懷中，「子晉哥哥……」

輕撫著少女的後背，裴禎溫潤的唇角坦然微揚。自從愛上她以後，他變得愈來愈不像自己了，卻甘之如飴。哪怕她心中還有其他的男人，他也不介意，只要能一直陪她左右就行，「乖，不哭了，我只求小喬開心便好。」

喬宓也沒什麼東西可收拾，喚了阿七過來，說是要出宮遊玩一趟。夜麟走時並未限制她的自由，阿七也不好阻攔，便任由喬宓點了禁軍安排著出宮事宜，「好了，不用那麼麻煩，就讓這幾個人跟我一起去便是，至於你便守在東宮吧。」

阿七就似萬年冰塊一樣，僵硬的俊臉上沒有一絲表情。不過此人自小跟隨在夜麟左右，喬宓也不敢小覷他，看似隨意點的禁軍，其中便有裴禎幾人。

「你們幾人……」見阿七抬腳朝裴禎走了去，喬宓的心瞬間忐忑，剛想閃身擋住，卻又聽見阿七冷聲說道：「務必保護好聖女，天黑前回宮，若有差池統統斬之。」

喬宓提起的心這才放下了些許，走出東宮時，她忍不住回頭看了一眼奢華的宮室，最顯眼的便是夜麟的寢宮。出征前他臨窗攬著她所說的話，在她耳邊再次迴蕩——妳別亂跑，乖乖等我回來。我已經將妳的名字親手刻上玉碟，待我回來便舉行大婚。

可惜，她不想等他回來了。

「小喬，走吧。」身側的裴禎見她神色恍然，心中明瞭，不禁低低出聲。兩個月的時間不長但也不短，對著夜麟那樣霸道俊傑的人物，喬宓若是動了心，裴禎也不覺得奇怪。

過了定武門便能出宮了，一道走來卻靜得出奇。喬宓咬唇，總覺得心頭發毛，「子晉哥哥，我總覺得有些怪。」

裴禎當然也發覺不尋常，清雅的眉宇微皺，將喬宓護在身側，沉聲道：「等會不管發生什麼，都跟在我後面。別怕，不會有事的。」他一定會帶她平安回到景國。

「景國國相入朕的帝宮，如此來去自如，當真是讓朕惱怒呢。」喬宓驚恐地瞪大眼睛，整齊劃一的禁軍排排散開，轟鳴的腳步聲震徹宮巷，為首的夜帝一襲蒼龍日月袍，妖冶的面上陰鬱一片，隱約透著幾分病色。

既然被識出，裴禎也不隱藏了，直接將喬宓護在身後，溫和的月眸中掠過一絲厲色，「原來是夜帝呀。」

夜煊也懶得廢話，大手一揮，一句就地格殺，連帶喬宓都在其中。早有防備的裴禎迅速以骨扇結陣，他帶來的人不多，卻也是術法箇中高手。

幾人之勢敵千人兵力，一時間竟不分上下。眼看禁軍成批倒下，夜帝也震怒了，他倒是沒料到裴禎一代文相，竟然有如此凶殘的殺傷力。奈何他被夜麟打傷，如今修為減退大半，若是對上裴禎，大概也占不到什麼便宜。眼看著他們便要出宮了，夜帝心生一計，拿過九龍弓來，以術法結了冰箭，直接對準了喬宓。

破空而來的冰箭速度之快，根本沒有躲開的機會，眼看就要射中喬宓的頭，情急之下裴禎竟然抱著她，用自身擋了那支冰箭。穿破血肉的悶聲，讓喬宓驚怔，「子晉哥哥！」

「我沒事，不可戀戰，快走！」那支冰箭射中了他的左臂，鮮血濺出時，冰箭便化為烏有。裴禎咬牙拉著喬宓往宮門速移而去，離開時喬宓聽見了夜煊的大笑，倉惶回頭看去，正看見他詭異的神情。這個變態老蟒蛇！

夜帝在冰箭上淬了淫毒是裴禎始料不及的，他化回原形一連和喬宓做了三天，才將那股淫毒徹底根除，抱著變回原形修為進階的小貓，溫和的月眸間寫滿了愛意。裴禎走出山洞時，昏沉的天色陰鬱。此地距離冶狼城很近，但仍舊屬於夜國境內，他們棄了馬車，一行人直接快馬加鞭往城中趕去。

喬宓再次醒來時，感覺身體和以前有些不一樣了，那種熱流湧動在經絡中的感覺過於舒爽，這樣的情況在上次夜麟用原形和她交媾時曾出現過，當初與景琮日夜歡愛時也有過。顯然是承了他們的精元，固養了她的元神本體。

「醒了？」正巧裴禎端了熱湯進來，看見喬宓恍惚地坐在床頭，便過去拿起一側的雪貂大氅為她披上，溫聲道：「外面開始化雪了，天氣冷，小心別著涼。」

看著他清雅俊顏上的淡笑，喬宓便羞紅了臉。如此光風霽月的國相竟然也會有那般生猛的時候，比照之前秋獵那次，簡直是小巫見大巫。

「可還疼？」裴禎攪了攪熱湯，便餵了一勺給喬宓，修長的手指替她順了順鬢角的碎髮。血色紅豔的粉頰姝麗，無端讓他心頭微癢。畢竟原形交合數天，就算有精元固體，喬宓還是有些不適，稍稍一動腿間還殘留著一股腫脹的異樣感，讓她不禁想起那駭人的大獸器不斷進犯花蕊的極致快感。

「子晉哥哥，那冰箭……」喬宓著實有些搞不清，夜帝為何要在上面添上淫毒？

裴禎微微勾唇，無奈地搖頭，清雋的月目中明光閃逝，「當然是想算計你我。」

夜帝與夜太子關係並不融洽，喬宓乃是夜麟心愛的女子，像夜帝那樣心思歹毒的人，當然不想讓夜麟好過，無非就是想用淫毒混亂喬宓跟旁人的關係，從而讓夜麟發怒。

不過他算漏的是，喬宓與裴禎的關係夜麟早已清楚。喬宓嗤之，夜麟有這樣的父皇還真是三生不幸了。不過說到底是獸化之人，不重親情也是常有的事，「我們現在是在冶狼城嗎？」

「嗯，過兩日便可以回景都去。」戰事已停，夜國大軍轉去了殷北，大概短時間內是不會再次貿然進攻了。裴禎領軍出征已是下策，現在必須儘快帶著喬宓回帝京。

看著裴禎面上一閃而逝的暗色，喬宓總覺得出什麼事了，「王爺他如何了？」上次夜麟說他快死了，她並未當真，這片大陸上能傷景琮的人還當真沒幾個，只覺得他是有意騙她。

對喬宓，裴禎不習慣說謊，思量再三還是如實相告，「攝政王中了暗算，就在妳失蹤那日，有人趁他心緒不穩將離魂咒打入了他的心脈。」

喬宓愕然，粉頰上旋起的酒窩都是驚詫的，心間驀然一疼，「那現在呢？他怎樣了！」

見她心神大亂，裴禎忙將她攬入懷中，匆匆道：「沒事，找了十大高人結祕陣，離魂咒已去，他如今在攝政王府中息養。妳切不可著急，現下元神將穩，容易走火入魔。」

幸而陪在她身邊的人是裴禎，這個能給她莫大安全感的人，受他輕聲撫慰，喬宓躁動的心才漸漸平復。對啊，景琮那樣強大的人，若非是亂了心緒一時不備，又怎會遭遇暗算。

難怪那麼久都不見他來相救，原來……

「是誰做的？夜麟的人？」夜麟既然能確切地告訴她那些話，肯定和這事脫不了關係，可是喬宓卻看見裴禎搖頭了。

「不是他，他恐怕是與某人做了交易，由他先將妳帶走，再由躲在暗處的人襲擊景琮。我懷疑是……」陡然停下了話頭，他清雋的眉宇微皺。

喬宓不笨，夜麟當初能輕而易舉地帶走她，又能讓裴禎欲言又止的人，只有那麼一個。坐觀整個景國，一旦景琮倒臺，他便是最大的受益人，「是景暘對不對！」她直接說了出來。

裴禎神色從容，只是嘆了口氣，「陛下只怕是入了歧途，能用離魂咒的人絕非等閒之輩。此咒甚毒，中咒之人皆會頃刻間便魂飛魄散，若非景琮修為已達巔峰，此次恐已遭難。」

這麼多年來，明面上裴禎常與景琮作對，但不可否認的是，景琮雖霸下皇權，但也不是個昏庸之主，只事明君的他對景琮並無過多的不滿。這次找十大高人解咒，他也幫了不少忙。

喬宓拽住了裴禎替她擦拭眼淚的大手，咬唇問道：「那你抓住下咒的人了嗎？」

「我入宮時他已經消失了，不過現場有魔族的氣息。」而且，那股氣息他隱約有些熟悉。

第四十三章

裴禎已經斷定景暘與魔族有往來，昔日純善的少帝，如今只怕是要崛起奪權了。「放心吧，我離開景都時他已無恙了。」

看著他恍若星月璀璨的眼眸，喬宓心下微動，知道裴禎不會騙她。她投入他懷中，眷念著那一抹淡淡的蘭草香息，不安定的心終於靜了下來。「謝謝你，子晉哥哥。」

她的如墨青絲淌了他一手，五指穿過靚麗的烏髮輕撫著纖弱的後背，裴禎淡笑，「傻丫頭。」

化雪天比積雪時更寒骨，寢居裡燃了地暖，修為增進的喬宓終於不懼寒了。入夜後縮在棉褥中，她卻翻來覆去地睡不著，總覺得有一股難以啟齒的欲望在腹下騰起。

她面紅耳赤地夾緊了腿，腦海裡禁不住回想起那三日裡的激烈歡愛，一時間腿心中更癢了。「唔～」曖昧的嚶嚀從齒間溢出，喬宓羞得慌，倉惶從床間坐起，要命的是不只腿間發癢，連胸前的一對玉乳也脹得厲害，總想去揉捏紓解一番。

「完了完了，我什麼時候變得這麼飢渴了？」這種難以壓抑的渴望，她甚是熟悉，就如同中了淫毒般，卻不比藥物發作時熾烈，現在就是一股抓心撓肺的酥癢，暗暗地流竄在體內。

「小喬，睡了嗎？」忽而門外傳來了輕輕的敲擊聲，裴禎溫雅的嗓音讓她渾身一震，驚愕中的她下意識的回了句，「還沒。」

房門不曾落鎖，她這才說完，裴禎就推門進來了，手中還端了一個托盤。灌入的冷風中隱約散著一股肉粥的香靡，待裴禎掀了玉珠簾子進來時，看著床上衣衫不整的喬宓，頃刻一怔。

燭光下的少女肆意坐在床頭，青絲繚亂，粉頰若桃緋膩，扯開衣帶的襟口隱隱可見渾圓起伏的飽滿，再對上那雙無助的冷冷水眸，裴禎微凸的喉頭輕動。不重欲的他，有些異常了。

「晚膳妳沒用多少，我便讓廚房煮了些粥，若是餓了就吃些吧。」他緩緩走近，頎長俊美的身形挺拔，面目如玉清雋，正是欲火難耐的喬宓，只覺那股竄動的火燒得更厲害了。

她本就喜歡長得好看的男人，而對裴禎這樣好似來自雲端的美男更是戀慕。

「子晉哥哥……我、我不舒服。」軟軟的嬌吟輕盈，帶了一絲不可聞的喘息。挑高的尾音如鴻羽般掃在裴禎心頭，端著托盤的手驀然一緊。

「不舒服？」放下漆木盤，裴禎大步走向床頭，看著嬌靨暈紅的喬宓，以為她是病了，月眸中不自禁流露出緊張來，下意識用手背去探她的額頭，「有些發熱了，我這就去叫醫師過來。」

喬宓的小臉紅得更厲害了，忙拽住裴禎的手，輕旋的酒窩都羞恥得不行，雙眸微抬水霧殷殷，忍不住就撲進了裴禎的懷中。

「我是、我是那裡不舒服~」滿懷的少女馨香浸鼻，攬著她盈盈一握的纖腰，從裴禎這個角度，只能看見喬宓髮間豎立的白絨貓耳粉透。待她抬頭時，他正巧看清她衣襟間呼之欲出的瑩白椒乳。

不知不覺，裴禎耳根燒紅了，「小喬妳且躺下，我去喚醫師過來。」

溫潤的月眸中有了一絲急促，喬宓卻不鬆手，緊緊掛在他的懷中，小嘴裡吐出火熱的芳息，一下又一下地鋪灑在裴禎的頸間，軟綿的小手甚至直接撫上了他的胸膛，「子晉哥哥，你的心跳得真快。」

往日純純被動的小貓，今晚化身嫵媚女妖，一如秋獮那夜淫毒發作時的主動渴望，讓裴禎有些怦然。望著裴禎清俊翩然的面容，喬宓忍不住將櫻唇貼了上去，他不為所動，她便主動出擊，吐出的丁香妙舌輕輕在他唇間舔弄。

「別鬧，妳病了，快些躺下。」聰明一世的國相大人，在這種時候難得糊塗了，都快扭成水蛇的喬宓被他推回床上，鼻間發出的魅惑輕吟也被他置之不理，扯過厚實的棉被就罩頭蓋上她。

在山洞裡交媾的那三日，裴禎已然被入骨的銷魂迷惑，但是他的控制力太強，儘管這會喬宓有意逗弄，他也能視若無睹，一心只掛記著她「生病」了。

「你你！」喬宓好不容易從被子裡鑽了出來，手腳並用地抱住即將離去的裴禎，羞赧地閉眼喊道：「我沒病！我、我想要你陪我睡！」

裴禎微愕，握著喬宓微燙的柔荑，緩緩轉身過去，跪坐在床間的她狼狽極了，大開的衣襟已然落到肩頭，一邊的酥胸袒露，嬌花一般等著男人採擷。

「當真沒病？」他還有些遲疑，用手探了探她香汗微滲的額頭，又摸了摸她羞煞春華的粉頰，心中才鬆了口氣。

喬宓咬唇，抓住裴禎腰間的玉帶，嬌喘，「我也不知道怎麼回事，就是忍不住想要那個……下面好難受。」扭著如纖纖腰，她都快哭出聲來了。

裴禎恍然，當即明瞭，「恐怕是那支冰箭上的淫毒有異。」

當日他擋下那支冰箭，中了夜國皇室的祕密淫毒，控制不住化身為獸的欲火，交媾三天，噴射無數次精元才化回人形。現在看來這淫毒恐怕沒那麼簡單，恐怕已經過度到喬宓體內了。

「那怎麼辦嘛？我難受～」她嬌媚的櫻唇咬得泛白，垂著貓耳無辜極了。裴禎忍不住揉了揉她的頭頂，壓著細細的絨耳在手心間流連。這還能怎麼辦？當然是以他去填堵欲望的溝壑咯。

「既然想要，今夜我便留下吧，待回了景都再找醫師看看。」他的嗓音低醇清雅，暖暖的入人心懷，撩撥得喬宓腿心間都溼濡了，迫不及待地鑽進裴禎懷中亂竄。也就是裴禎她才如此主動，換了夜麟或景琮，她是絕對被動的。

「子晉哥哥，快些吧～」細數他們為數不多的交合，第一次是她中了淫毒，第二次換成了他。今天難得雙方皆清醒，喬宓勢要與男神水乳交融。

溫柔如裴禎，沒了那股亂人心智的毒，即使美人在懷也並無一絲急迫，抱著喬宓坐在床畔，緩緩地褪去她身上僅存的衣物。

「怎麼這麼紅？」他修長的玉指摩挲在渾圓的雪乳上，那處殘著一片紅痕，看著很是誘人。喬宓羞得低頭就在他頸間咬了一口，才不想告訴他那是她自己揉的。

裴禎又怎會不知，星光熚熚的月眸中滿是寵溺的笑。她那齊整的瓷牙咬在頸間沒半分疼痛，反倒是溼濡的妙舌調皮地舔在血脈上，讓他呼吸微亂。當真是隻要人命的小貓。

「揉揉，子晉哥哥快幫我揉揉吧，脹脹的。」她嘟著丹唇祈求地看著他，裴禎只得將大掌覆了上去。綿軟的一團奶肉，輕揉慢捏間，細嫩得他都不好用力。看著喬宓稍稍滿足的小眼神，他低頭含住了硬起的小乳珠。

紅豔豔的乳暈被他舔得起了褶皺，癢癢的乳尖流轉在唇舌中，舒爽得喬宓放浪吟叫，腹間酥癢得更甚了。「好、好舒服~唔啊~」兩團雪乳被他換著舔吸，本就陷入欲火的喬宓，只覺得要溺斃在他的溫柔之中了。

奶肉乳尖被舔得溼亮，趁著裴禎抬頭時，喬宓將丹唇湊上去，眼中不斷放大著裴禎如玉的俊美。小妙舌甫一鑽進他的口中，便被大舌吸住了，纏綿攪拌間，蘭草的香息漸濃。

「唔～」唇舌曖昧地交纏著，沾染著彼此的氣息，喬宓只覺得美不堪言，抱著裴禎的脖子加深了這個溼溼的吻。「咳咳！」忘情過度，哺入口中的水涎太多，喬宓吞嚥不及被嗆得劇咳，透亮的銀絲順著下顎淌在了精緻的鎖骨上。

裴禎忙替她拍撫後背，目光灼灼地關切道：「沒事吧？」

舌根被吸得發軟，喬宓說不出話，只能紅著臉搖頭，髮間的貓耳都隨之晃動。看著裴禎替她擦拭嘴角的銀絲，忍不住湊在他臉上親熱地啄了兩口。

「下面，下面。」她的話語嬌軟無力，握著裴禎的手就往腿間探去，隔著薄薄的中褲，忍耐已久的小花縫溫燙灼手。

「也要揉揉嗎？」裴禎微笑，秀氣的修長手指輕動，一下又一下在腿心摳撫，硬生生將花口弄得溼意氾濫，染得中褲一團水漬。

喬宓俯在他懷中嬌軀微顫，替他解開玉帶的手指都有些不聽使喚，「輕、輕些摳，唔～別插進去呀～嗯！」嬌吟頃刻發顫，只見暗處在花縫上揉弄的手指，對準了微開的穴口，雙雙插了進去，連帶寬大的錦緞中褲也被塞到了甬道裡，一時間花肉抽搐縮緊。

「小喬裡面好溼呢，那麼多水得用東西擦擦。」似曾相識的話，喬宓還來不及想是誰說過，他便壞壞地夾著中褲在嫩肉中摩擦起來。不吸水的絲滑錦緞，反而搓得內壁淫靡更甚。

「你壞～」她溫雅若清風的國相大人，原來也是披著羊皮的狼。淡淡的陰翳籠在俊美面容上，裴禎笑得親和滿足，陷入淫滑中的手指刁鑽地攪弄著，陣陣酥癢的電流在腿心間彙集，快感侵捲喬宓全身。

「唔啊！」她繃緊了珠圓玉潤的腳趾，難受地夾緊他的雙指研磨，小穴如清晨飽滿的花朵般迅速綻放，甬道中一陣絞緊，鮮嫩的穴肉溢出大股靡靡蜜水。扣著她顫抖的腰，裴禎緩緩將手指拔出，抱著喬宓轉身將她壓在柔軟的床間，玉帶解開，月色的錦袍大敞，精健的胸肌隱露。

「褲子褲子～嗚～」泄了水的媚肉敏感，還夾在花縫裡的中褲顯然成了另一種折磨人的異物。喬宓雪白的脖頸仰高，裴禎像是受了蠱惑般與她鵜鰈交頸，從粉燙的耳垂一路吻到鎖骨上。他撥開她凌亂的衣袍，貪婪地索取少女身上的熱度。

「小喬、小喬……」他聲聲呼喚著她的名字，炙熱的愛意深入骨髓。

「子晉哥哥～唔～」隔著層層疊疊的衣物，他竟然用胯下粗硬的巨物撞向她的腿心，硬生生弄得她發顫，好不容易等他從穴內抽出中褲，空乏的花肉更癢了。

眼看他將溼濡的褲子扔在床頭，喬宓羞得倉惶閉眼。只聽他清朗的笑聲陣陣，細密的吻撲蓋而來，胸間、腹部、乃至腿心都被他一一親吻，膜拜般的溫和又帶著些許瘋狂，刺激得喬宓春情蕩漾，「快、快給我！」

第四十四章

不同於獸化時的狂躁，亦沒有淫毒作祟，喬苾真真實實體驗了一把柔情似水，躺在裴禎身下彷彿墜落雲端，痴痴迷迷，春情蕩漾。嬌弱的秀腿被抬起半分，磨蹭在滑膩花口間的肉頭被溢出的蜜水塗得晶亮，朦朧燈火下只看見兩片蚌唇紅豔，碩大的巨頭往裡塞去。

「唔啊~進、進來了~」極度的空虛正被一點一點地填充，硬脹的肉器從花口一路破開到甬道，摩擦在淫滑細嫩的內壁中，溫熱不斷絞緊，刺激得裴禎面色微變，這幽窄的花徑小道實在太銷魂了。

「小喬別動。」這不是第一次進入她的身體了，內裡的緊密卻每次都能讓他有種化身為獸的衝動，屏了一口氣，將插到一半的肉柱退到花口。

「別走別走！」才脹滿一半的快感迅速褪去，急得喬苾忙用蓮足勾在裴禎腰間，美眸含嬌帶淚，一心等著被好好疼愛。

花唇緊緊吸著粗壯的肉柱，猙獰的棒身上染了不少淫靡灼液。看著被迫撐開的嬌花穴口，裴禎清冷的目光微炙，扶著喬宓的不安份擺動的柳腰。「這就餵給妳。」話閉，一個縱身猛入，退至最淺處的硬物直接一捅到底。

「啊啊——」空乏的內壁被陡然脹滿，瘙癢的花心更是被他頂得顫慄，喬宓仰著暈紅的嬌靨，被撞得眼角淚水直落，說不出的疲爽。整根陷入的極度美妙，讓裴禎忘乎所以，彷彿置身天堂。嫩滑的淫膩緊密，吸得他連動都捨不得動，只想一直插在裡面再也不出來。

「真舒服……」他長聲嘆息間，抵在深處媚肉上的龜頭微動。進得實在太深了，再往裡去便是極處了，迫得喬宓屈起膝蓋，蜷縮著腳趾緩解。雖比不上獸化時的大凶器，可是這樣契合的美妙也是一種享受。

待裴禎開始抽動時，他改為雙手撐在喬宓臉側，儒雅的雙目緊緊注視著身下的她，一下又一下將分身在她的私處中來來回回。除了最初的那會他差點頂不住衝動，現下已經抑制不少，輕緩的抽插不疾不徐，仗著分身粗碩，每一次都能頂在媚肉間的敏感點上，遊刃有餘地輕柔入弄著。

「唔唔～」喬宓被入得歡聲連連，躺在大床間已然分不清虛實，只覺身下那粗脹的巨物，磨得內壁又痠又麻。晃動的椒乳被裴禎捧在掌中愛憐，不時俯身去親吻喬宓呻吟不斷的丹唇，他的溫柔如春水般鋪天蓋地將她包圍，叫她如何不動情呢。

「要不要快些？」他咬著她的耳垂，朗朗悅耳的聲音在耳邊魅惑，肉柱磨得花徑淫滑，進出更甚暢快。在喬宓輕哼嚶嚀的當頭，裴禎突然加快了速度。前一刻還緩緩柔情，後一刻便是狂暴重擊。

凶狠的搗入讓喬宓又有了那日在山洞時的錯覺，那時他化了原形就是如此撞她，直頂得她哭天喊地，根本承受不住這般熾烈的快感。「啊啊～太、太重了～好脹！」幾乎整個小腹都被撞得混亂了，她迫切地將雙腿分開，洪亮的淫靡水聲陣陣，隨著不斷加速的重擊，溫燙的蜜水不斷溢出。

「小喬那日不是說喜歡重些嗎？乖，重些才能進得深，讓妳那裡舒服～」正經的裴國相不正經起來，也是讓人面紅耳赤、溼濡的媚肉抽搐，任由炙硬衝擊。喬宓浪聲高昂，芊芊素指緊扣在他肩頭，難以忍耐地抓撓著。

整個下體痠脹得刺激，迷離中喬宓恍惚地看著身上的男人，即使他的動作間不無透著生猛，可是那張清雅如月的面龐上依舊淡然如水，誘人痴迷。「子晉哥哥～再快些～」

「好。」快速撞擊百來下後，喬宓再也撐不住那席捲而來的猛烈快感了，高潮爆發，套在甬道中的肉柱還在抽插，她已經痙攣著泄身如潮湧。

「啊！」眼見隨著她外翻的花肉，淌出愈來愈多的蜜水，裴禎也不停留，抱著剛剛高潮的喬宓，一個翻身就自己躺在了床間，讓她結結實實坐在胯上。

「不行！不行啊！太深了～嗚嗚！」直挺挺的深入，讓無力起身的喬宓差點癲狂了，哭喊著搖頭，卻被裴禎大力顛簸在空中。

「馬上就好了～」穴肉極度熱滑，裴禎腰盤晃動，頂起的速度簡直達到了巔峰，重心全部灌在肉柱上，看著輕盈的少女被撞得高高跳起，重重落下，便更加興奮。

喬宓的大腦都空白了，渾身繃緊，在那根粗壯的大凶器上搖晃著，本能地想逃離，卻被裴禎扣著秀腿。那股撩心撩肺的欲望終於得到了救贖，不過她實在撐不住了，「肚、肚子～進、進去了，唔啊！」就在她仰頭尖叫的剎那間，一道熱湧直接噴擊在體內。

兩日後，裴禎帶喬宓回到景都，此時朝中已然翻天覆地。少帝景暘親政，隱藏多年的鋒芒漸露，攝政王景琮默然退居王府。

喬宓迫不及待地奔入了王府，以為會見到大權旁落，病臥床榻的淒慘景琮，怎樣也沒想到，在花苑裡找到人時，他正悠哉地飲著美酒。

金紗飄飛的八角亭中，只見他慵懶地斜臥在錦榻間，一頭如雪華髮散落在地，昳麗的天顏冷寂，舉樽仰飲的薄唇側卻是勾著幾分快意的笑。

「哼！王爺倒是快活。」昨日裴禎便傳書回景都告知今日將回，他不等她便罷了，還讓她擔憂一陣。

聞言景琮方挑眉睜眼，看著半步外嘟著嘴的喬宓，冷光流轉的眸中還有些恍惚，須臾才說道：「回來了？」

並無多大起伏的話音，卻讓喬宓酸了鼻子。分別兩月餘，再見到他時才發現比想像中還要思念，三年的陪伴，景琮這人已深入她的骨血了。

抱著撲入懷中的喬宓，景琮空曠多時的心終於又被填滿。「哭什麼？回來便好，往日不是吵著宮中不好玩嗎，夜國可好玩？」他特有的低醇冷沉話音裡，竟然帶起無奈的寵溺，微涼的指腹輕擦著喬宓眼角的淚水。

「不好玩，一點都不好玩！」趴在景琮的胸前，喬宓哭得像個孩子。最初被夜麟綁走時的驚恐，再到被夜帝強壓在地的絕望，到現在她終於找到了傾瀉的出口。

「乖，往後再碰到那小黑蛇，本王便剝了他的皮，抽了他的筋，給妳出氣可好？」他一邊說一邊輕撫著她的後背，話音將落，便察覺懷中的人兒一僵，果真見她猝然抬頭，哭紅了眼睛鼓著桃腮，猶豫著。

小黑蛇？夜麟？「還是算了吧，他……他不壞。」剛被夜麟帶走的時候，喬宓確實不喜歡他，但是相處了兩個月後，她已經不確定那份厭惡還在不在了，恍然憶起他要出征前的那個午後，心頭還莫名有些疼。

景琮卻似早就料到她會這般，俊美的眉宇微舒，勾著修長的手指刮了刮喬宓的鼻頭，「妳這小色貓，本王還不知道妳？」很好，久別重逢的激動，在這會已經沒了。

喬宓羞愧地捂著鼻子瑟縮，景琮卻起身脫了她的鞋襪，將人抱上錦榻。濃烈的酒香混著他身上的冷凝氣息，誘得喬宓抱著他的腰都捨不得放手。

「出去了一趟，膽子倒是大了不少。」揉了揉胸前撒嬌般拱動的小腦袋，景琮竟然還有幾分愉悅。

「王爺，你、你不生氣嗎？我……對不起。」最是清楚景琮的占有欲，所以喬宓是心虛的。一個裴禎也就算了，又來了一個夜麟。

不生氣？如何不氣，自己叼回來養了三年的貓，一下子變成了共用，景琮恨不得將那兩人挫骨揚灰，再擰斷喬宓的脖子，可是敗就敗在他捨不得。

壓著驚呼的少女，他重重地將唇覆了上去，涼薄遇上溫熱，他狠狠地攪弄舔吸，帶著幾分懲罰的意味，眷念的香甜中漸漸泛起了血腥味。

「唔～疼！」她的唇瓣被他咬破了，一縷淡紅的血跡就沾在他的唇間。

他撐在她的上方，高大的身軀完完全全將她罩在陰影下，棕色的寒瞳中漸露無奈。在確定遣裴禎收復冶狼城，救她回來時，他就已經做出了決定。「當初就該將妳鎖起來。」鎖起來，這不乖的小貓就只能是他一人的了，只可惜縱然他有呼風喚雨的本事，卻也沒有讓時光倒流的能力。

喬宓伸手環住景琮的脖頸，主動抬頭在他唇邊啄了一口。他說得沒錯，出去一趟貓膽子確實大了不少，在景琮怔愣發笑的當頭，她摸了摸他的心口，「王爺，那個離魂咒……真的是陛下？」

抓住她的手，景琮躺在她的身側，目光深邃陰寒，「早已無礙，阿暘長大了。」景暘要置他於死地景琮並不意外，他們一族本就不出善類，更不消說是景暘這個生來有異的小子了。勾結魔族殺害皇叔？做得夠狠。

第四十五章

晚間用膳的氣氛有些詭異，今日的餐桌上除了喬宓與景琮，還多了個裴禎。在景琮已知兩人的那層關係下，這晚膳用得喬宓頗是忐忑不安。

「好好吃飯，愈來愈笨了。」坐在左手邊的景琮不悅，冷冷蹙眉替她擦去嘴邊的醬汁。她左右小心觀察的樣子，讓人好笑又好氣。

此時，坐在右手側的裴禎，為她夾來一塊烤魚。嫩白的鮮肉，不多的刺已經全數被他細心挑出，「快吃吧。」

如此異常和諧的情形，讓喬宓有種毛骨悚然的感覺。她是做夢都不敢想像，景琮和裴禎同桌用膳的畫面啊……

好不容易用完晚膳，景琮就對裴禎下逐客令了。等到喬宓依依不捨地送客回來時，他一臉陰寒地將人扛在肩頭回了寢殿，「他當真就那般好？」

喬宓被他壓在床間，差點一口氣上不來，一邊推揉還不忘安撫吃醋的大老虎，「沒有王爺您好，快起來些，我喘不過氣了，呼～」

敷衍的小騙子，景琮冷哼著起身半分，摸著喬宓襟口挺立的渾圓，棕瞳裡莫名多了幾許火熱。素了兩月的他，今晚怕是要連本帶利地享用了。

「妳的元神穩固了不少，他用本體和妳做了？」景琮是虎族，深知夜國的墨蟒一族擁有極高的癒合力。養了喬宓多年的他，很清楚她元神的破損程度，能在短時間恢復成這樣，肯定是與夜麟原形交合了。

知道他說的是夜麟，喬宓被乳間的大掌揉得心頭癢癢，那股羞恥的燥熱又迫不及待地燃了起來。看著景琮咫尺相近的俊美面龐，她咬唇點了點頭，但是很快就驚恐地瞪大眼睛。

「王爺，你不會也要？不可以！」雖然被景琮用原形做過一次，但是喬宓還是有些陰影。

「今夜就算了。」景琮頗溫柔地捏了捏她的臉頰，似笑非笑，說罷便一揮手，頃刻間衣裙盡消失的喬宓，如同剝了皮的荔枝，水嫩瑩白的胴體光裸呈上。

喬宓悻悻地鬆了口氣，不過她又意識到這話的問題所在。今夜算了？那豈不是明夜就會？

「啊!疼~」他竟然抬著她的腿,也不做繁複的前戲了,直接挺著巨根撞了進來。陡然的插入脹滿,堵得喬宓弓身嬌呼,周身的毛孔瞬間擴張,血脈燥烈湧動。

兩個月未入她的景琮,難免有些急迫起來,將肉柱直接深入花心,撐得喬宓肚子微凸,這才長舒一口暢氣,食指挑逗著撫弄在她肚臍間。

「小貓又浪了不少,溼得這般快。疼?本王瞧妳舒服得緊呢。」膩滑的甬道箍緊了炙硬的他,片刻停留間只覺內壁溼熱加劇。拍拍喬宓又大了不少的雪乳,握著她滑如凝脂的纖腰,景琮便狂猛地抽插起來。

「唔唔~」比起裴禎的溫柔,夜麟的霸蠻,景琮狂野起來,真是要了喬宓的小命。她媚眼迷離,每被一次重擊,眼角的淚水就落個不停。花徑深處脹滿得既難受又刺激,穴肉淫媚得想縮緊,卻遇到更甚粗暴的頂弄,火熱的巨型肉柱磨得她愈發痠軟。

「輕、輕~慢些~呃呃呃!」他撞得她嬌吟斷續,幾乎帶了哭聲。

景琮卻舒爽不已,捉著她兩條秀腿置在臂彎,棕瞳幽幽地看著身下被入弄得如鮮花綻放的蝶唇。只見吸附著肉棒的花肉嫣紅,周邊搗得白沫陣陣、溼亮淫靡,「這兩月可有想我?嗯?」

「想～呀！」他就跪坐在她的腿間，喬宓好不容易有了一絲清醒，看著他不再陰寒的天神俊顏，心頭砰砰直跳。還來不及多言，花道裡那硬凶凶的大虎鞭，竟然靈活地換著方向往底處撞來。

水徑滑嫩，景琮最是知道她的敏感處，暢快的進出間，巨頭的肉冠不斷刮蹭在轉折處的媚肉上，待到喬宓細聲尖呼時，又狠狠搗在花心旁側。「說，小貓是誰的？」甬道深處被入得水聲漸起。

又來了，喬宓難耐地抓緊身下的錦褥，承著他狂風暴雨般的深進淺出，花穴內的巨物過粗，強烈的刺激早已蔓遍周身，瑩白透粉的玉肌香汗淋漓。「你，你的～嗚嗚！」巨棒極端地拉扯著花肉，弄得炙熱穴口處蜜水四濺，小肚子被一下又一下頂起，萬千瘙癢快感頃刻彙聚。

「我又是誰？」景琮的興致愈發高昂，從淫水溼濡的床間抬高了少女的嬌臀，微微俯身便大力搗擊，強硬的胯骨直接撞紅了喬宓纖弱的腿心，他腹下繁雜的生硬毛髮，更是刺得她花蒂充血腫大。

「啊啊！爹爹～景琮！你是景琮～」幽幽的水滑嫩肉陡然絞緊，吸得景琮脊骨一僵，差些就一瀉千里。如此銷魂的美妙，叫他如何不沉淪於她。翻江倒海的衝擊，直抵得喬宓小腹酥麻，只得在他胯下連連嬌喘媚呼，而晃蕩在半空中的如玉蓮足，只能無力地隨著頂弄的幅度搖曳。

「啊～不要不要！」巨碩的肉頭勢如破竹，硬生生闖進了宮口，喬宓頓時尖叫起來，瘋狂地搖頭，伸手住抓住景琮的手臂，如同溺水垂死的人抓住了救命的稻草。

猙獰的棒身插進狹窄的宮頸，極端的刺激非一時能承受，景琮俯身壓制著掙扎不休的喬宓，微涼的薄唇啄著她的粉頰耳垂，「乖，馬上就進去了，別亂動。」

不論是景琮還是裴禎夜麟，總喜歡深入射餵，儘管經歷過無數次，喬宓還是撐不住這股強烈的快感，尖聲泣哭著潮吹了。

兜頭傾泄的蜜水膩滑，景琮一鼓作氣捅進了子宮，精壯火熱的肩頭上被喬宓抓了好幾道血痕，微不可感的刺疼讓他格外興奮，「小貓！」也不等他再行搗弄，高潮中痙攣的花肉絞緊，直接就吸得他噴射了精元。

兩個月不曾釋放的精水不僅濃灼，更是多得驚人。眼看著喬宓的小肚皮被入腹的精液一點一點脹起，景琮情欲未退的棕瞳裡閃過異常的猩光。高潮當頭又承受著濃精長久噴滿，喬宓已然被滅頂的快感激得失了神，軟成一灘泥水躺在床間，微闔的丹唇還潺潺淌著一縷口涎，嬌軀無意識地顫慄抖動著。

景琮的大掌戲謔地遊走在鼓脹的腹間，她本能地顫得更厲害了。這一顫一縮間，還插在深處緩緩射精的肉柱又硬了幾分，頭端還被滾燙的精水泡著，讓他忍不住就小幅度地頂弄起來。

「嗚~脹，好脹~」敏感的花肉急劇緊窒，裹在密密實實的淫滑花徑中，肉柱似是被萬千瘙癢的小嘴在飢渴地吸附，一頂一撞間精元是愈渡愈多了起來。

「小貓的肚子鼓得真好看。」繃緊了腰身顫慄的少女就如枝頭被暴雨侵襲的花朵，無助地顫慄抽搐著，嬌靨暈紅、嫵媚得誘人，若非受過足足的疼愛搗弄，絕不會有這般好顏色。

景琮是愛慘了喬宓如此模樣，指腹輕輕點在她雪白的小肚皮上，持續多時的射精這才勘勘結束。「瞧瞧妳，口水都出來了。」過度的刺激讓她急促喘息，無暇閉合的小嘴，口涎是愈發多了起來，和她身下那蜜水橫流的嘴簡直不相上下。

「上面流下面淌的，妳這小貓還真是水做的。嗯！別吸~」他邊說著邊將泡在裡面的巨頭往甬道退，結果喬宓被激得一夾，肉冠就卡在了那裡。

退不出只能往裡頂，她當即嬌泣起來，他也不好受，連忙捏了捏她蜜桃似的翹臀，壓抑著欲火，「放鬆些，再不出來又得弄了！」宮口遠比水嫩花徑緊小，深入的那截肉柱在緊箍摩蹭之下，緊貼在喬宓臀縫間的陰囊便又有了射意。虧得景琮能忍，重複著試了好幾次才將卡住的肉頭退了出來。

「啊——」堵塞在緊要處的巨物甫一抽離，滾燙的熱湧就齊齊往身下奔去，大量的灼液灌滿幽深的溫熱甬道。

即使如此，喬宓的小肚子依舊脹疼得厲害，裡面殘留的精水淫液只多不少，「拔、拔出去~嗚嗚！」

「裹得這般舒服，拔出去做什麼?」饜足的景琮心情極好地揶揄一笑，握著如織纖腰又開始了軟磨硬泡，潮湧侵襲的甬道可比剛剛進入時要淫膩多了，水滑嫩爽的肉緊緊實實，曖昧的交合聲一道接著一道。

猶如鋼鐵般的炙硬巨龍堵在穴裡，不漏一絲縫隙地抽插摩擦，喬宓被脹得絞緊了腳趾抽搐，這會不只子宮裡滿滿滾燙，連花道裡都是出不去的情水和精元。他饒有節奏頂弄著，眏麗的俊顏上滿是好整以暇的享受，久違的暢快讓景琮愛不釋手，耳邊滿是喬宓嬌嬌淒婉的淫呼浪叫，隨著他頂弄的幅度而不停發出。

「唔！不行了不行了！」愈見清晰的重擊下，喬宓鼻頭一酸，尖叫著弓身而起，粗碩猛入的虎鞭又將她送上了高潮的巔峰。偏偏景琮格外喜歡感受她高潮時的緊致，抵在花心上的龜頭隨著媚肉劇烈顫慄，從內壁泌出的花水一波又一波，在縮動的花肉中一浪一浪地吸附著巨根，又熱又緊、蝕骨銷魂。

「小貓噴了這麼多水，堵在裡面出不來了哦。」他溼濡的唇舌遊移在仰起的雪頸間，緩緩品嘗著她嬌羞的香汗，勾動的舌尖不可避免地撩起絲絲電流，酥麻了她怦然震動的心房。幾縷白髮掃過鎖骨，喬宓一顫便對上了他的棕瞳，裡面幾乎要溢出來的如火愛意讓她恍然。

「要不要讓妳放些水出來？」輕緩抽動的蓬勃虎鞭，最清楚蜜道中的含水量，如果再不將脹滿的肉穴疏通些，只怕插不到幾下，小貓又得泄了。

「要……要~難受，嗚唔！」被波瀾壯闊的快感侵襲過後，喬宓的意識都遲鈍了，直到深陷嫩肉中的虎鞭開始往穴口退離，她才有了些許清醒。「啵！」一聲讓人害臊的清響傳來，被撐到不能閉合的小花口，登時猶如排泄般噴出透亮雜合著渾濁的液體，溢滿了她身下的錦褥。

「嘖嘖，可真多，這裡還縮得厲害，又想吃了？」只見小花洞外翻的嫣紅穴肉一抖一縮，湧出的灼液大半都是喬宓自己的蜜水，而景琮射給她的東西還都堵在子宮裡。從她腿心間掬了一把淫膩，他直接往她胸間抹去。

「唔～」挺立的渾圓雙乳被灼液染得瀅亮，呼吸間喬宓都能嗅到一股淫靡的麝香味。才將手中的蜜水塗抹完，景琮竟然就俯身舔弄起她的雪乳。「你……」

他用牙齒咬著雪嫩的乳肉，用唇瓣吮著俏麗的乳頭，用舌頭回味那股屬於她的蜜汁，咬得喬宓渾身發熱，他還笑著說味道好極了。

「別、別吸了～好癢～啊呀！」趁著她說話的當頭，他竟然拉開她一條無力的腿，縱身再度將虎鞭頂入，涓涓溢往花口的液體，直接被堵回甬道裡，也不知道是不是錯覺，這次的脹滿比之前還要劇烈。「嗚嗚！」讓人癲狂的快感又來了。

第四十六章

翌日，惦記著喬宓的異常，裴禎早早帶了靈醫上門，唯恐夜煊那支冰箭暗藏不妙的玄機，好一番查看後果不其然。那靈醫收了繫在喬宓腕間的天蠶絲，起身朝景琮裴禎一拜，恭聲道：「此乃夜國祕藥，不傷身，但是女子若染中，便會改變體質，易渴夫妻之事。」當著攝政王和國相的面，老醫師不好說得太過露骨。

經由昨夜喬宓的表現，景琮自是了然一笑，握著手中的岫玉茶盞送到身側喬宓的唇畔餵她，瞧著她懨懨不安的神情，薄唇側的笑意愈發昳麗。

「小喬可是還有別處不適？」看她小臉紅得不正常，坐在對面的裴禎還以為她是另有不舒服，不禁有些擔憂。

嬌靨忽白忽紅，細看她光潔的額間竟然還滲出了細汗，齊整的貝齒暗咬著丹唇，似乎在極力隱忍著什麼。

「宓兒這是怎麼了？國相在問妳話呢。」景琮頗有幾分戲謔的話音，讓喬宓差些咬碎了牙，憤赧地瞪了他一眼，便轉頭對裴禎說道：「我、我沒事，子晉哥哥先回府吧。」氣息甚是不穩，隱約還帶著一絲可疑的嬌喘。

裴禎面上的淡笑漸退，溫潤的目光游走在景琮與喬宓之間，經歷過情愛的他很快就看出了端倪。攬過喬宓的纖腰，景琮這冰山老變態心情愉悅得很，饒有挑釁意味地看著裴禎，沉沉道：「本王看裴相也不忙，還是留在王府中用過午膳再回吧，宓兒覺得呢？」

喬宓都快被他這幾聲柔情滿滿的宓兒喚得牙酸了，私處塞的硬物又不斷震顫，忍不住輕嚀了一聲就鑽進了景琮懷中，將漲紅的小臉藏得緊緊，生怕被裴禎看出什麼來。

「不，不行～」深入花心的東西又頂了一下，喬宓僵直了後背，也不敢亂動了，酥麻的電流在敏感地帶亂竄，稍不留神就會泄身，這種極端的折磨讓她既緊張又刺激。

「不用了，本相府中還有要事，小喬……罷了，我走了。」裴禎欲言又止，卻礙於喬宓的窘樣並未多言，帶著一頭霧水的老靈醫匆匆離開了。他這前腳剛走，喬宓便是一陣劇烈抽搐，壓抑著嗚咽聲癱軟在景琮懷中。

不多時，淫靡的蜜汁氣息在偌大的偏廳中縈繞。「又泄了？裙子都溼成這般了，小壞貓。」景琮撩起被喬宓壓在腿心處的雲紗裙襬，上面染滿了一團詭異溼濡，不用看就知她身下潮湧有多激烈。

「你還笑，羞死了！嗚嗚子晉哥哥一定知道了，老變態！」瞧瞧什麼叫差別待遇，裴禎是哥哥，到了他這就是老變態了？他與裴禎也不過差了三歲。若非看喬宓哭得跟隻小花貓一樣，景琮的邪火上來又想整治她了。

「怪本王？妳若不淌水，那東西不就乖乖待在裡面不動了，自己貪吃還怪旁人。」喬宓澄澈的眼裡水霧泠泠，晨間她眼睜睜看著他將一指長兩指粗的玉勢堵進了花削，起初還不覺有異，漸漸就不妙了。密實的花徑淫滑，裹著那根東西本能縮緊，那雕著龍頭的玉具竟然自己動了起來。

幽深的甬道被不斷戳動攪弄，當然會泌出淫水，結果水淌得愈多，那根東西就動得愈發歡快，短短一個時辰就將她弄泄了好幾次，偏偏還刁鑽地抵在宮口上，讓裡面滿滿的精水淌不出來。

「這到底是什麼東西？快點取出來吧，我脹得慌。」一夜裡他都將精水釋放在她體內，沒了虎鞭填充，卻換了更古怪的東西來堵塞，脹滿的小肚子這會難受到不行。景琮無奈，隔著寬鬆的襦裙摸了摸她的小肚子，原本平坦的纖細處，卻如同有孕般微凸而起，好不可憐。

「還是小貓自己動手取出來吧。」他大笑著抱起喬宓往內室走去，坐在床畔卻依舊將她按在腿間，解了她身上的珍珠裙帶，先是替她脫了鞋襪，撩起層層疊疊的薄煙裙紗，拉下鬆懈的綢褲。

「看到那條鍊子了？慢慢拉它就出來了。」喬宓登時羞恥到極點，跨坐在他腿間，瑩白的腿被他大大分開。嬌小如她，以這個姿勢依偎在他寬闊的胸前，有幾分小孩被把尿的錯覺。她稍稍低頭，果然看見一條細長的金鍊晃蕩在腿間，另一端正深陷花徑之中。

「不是要取出來嗎？怎麼不弄了？」她遲遲不好意思下手，景琮也不幫忙，一手隔著凌亂的衣物揉捏她沒有束縛的渾圓，一手惡意地輕壓她的小腹。

「啊！別按~」他這一壓，她僵直的後背就顫慄著弓了起來，雙腿無助發抖，痠軟脹疼的小腹頓有股不斷下墜的火辣瘙癢，抵在花心上的玉勢，竟然又開始震動了。

「唔唔~它、它在往裡面頂！」不甚粗長的硬物靈活地戳弄在靡嫩的穴肉中，激得喬宓扭動不停，含著金鍊搖曳，殘留著幾分紅腫的花唇微闔，輕抽淺縮間，竟有情液從細縫中溢了出來。「啪嗒啪嗒」濺在了金絲楠烏木的腳踏上。

「乖宓兒，還不自己將它取出來？」他一直輕聲引誘著她，那玉勢愈震愈猛，喬宓實在不能忍了，只得顫巍巍地咬唇探去腿心間，抓著溼漉漉的金鍊子扯了一下。

「啊～」深陷花心的玉勢被層層穴肉緊裹，要想取出談何容易，她才貿然拉了一下，腿心便抖如篩糠，差點又被那東西頂入宮口。

她本能地想閉合雙腿，景琮卻不給她機會，微涼的昳麗面龐緊貼著她紅暈旖旎的粉頰，稍一低頭就將她私密處的風光看得清清楚楚，話中有笑，「慢慢來。」

晨間他給她塞玉勢時，只推進一半，一指長的硬物就被敏感貪吃的花穴自行吸了進去，經過情液浸泡多時，只怕不好取出。

喬宓軟軟嬌喘著，羞恥地再度嘗試輕扯，細長的金鍊被她纏繞在指尖，這一次她拿捏力道緩緩往花口拉，連連高潮的媚肉已是極致絞緊，她自己都能感受到花心深處傳來的吸附力，又羞又難受。

「唔！」震動的玉棒好不容易被她凝神扯到了甬道中間，隨之便是一股熱湧流竄入花徑，她不禁蜷起腳趾忍過那股詭異的酥麻快感。「別、別咬耳朵～嚶！」剛想一鼓作氣將玉勢拔出，卻冷不防被景琮咬住髮間的貓耳，刺激得她倒抽一口冷氣，差點將卡在敏感點上的玉棒又吸了回去。

景琮沉沉笑著，目光一直落在她的手上，纏在素指上的金鍊大概是從裡面剛剛拉出的，上面還沾了不少溼靡的淫液。

「小貓專心些，這次再滑進去，可就不給妳取出的機會咯。」喬宓渾身一顫，咬緊了貝齒。花道火熱，吸得玉棒愈來愈緊，隨著金鍊以肉眼可見的速度從縫口拉出，體內作祟的玉勢也即將冒頭。

「嗯啊！出、出來了～」愈是臨近穴口，異物堵塞的生硬便愈發劇烈，嬌嫩的媚肉如同和她作對般，喬宓扯得手都快痠了，顫慄著使勁一拉，溫潤白玉這才徹底脫離了水滑蜜穴。「咚」一聲，溼濘的玉勢掉在地上。

喬宓立刻軟癱在了景琮懷中，堵塞多時的混合灼液爭先恐後溢出花口，大股大股地砸落地面，好不香靡，看得景琮眼熱。

「肚子可鬆些了？」他說著就按了按她明顯癟下去不少的小腹，不用太大的勁，本來已不再淌出雜液的穴口，一陣縮緊後又是一波濃液噴出。

不過相比之前淌出的東西，後面流出來的顯然不屬於喬宓。「瞧瞧，這可都是餵給妳的，真浪費。」沒了異物堵塞的花道，卻依稀殘留著那根玉勢震動的餘韻。好在深處鬆懈了不少，喬宓紅著臉不再看地上的那灘淫物。

「怎麼那麼多……」她小聲地羞澀嘟囔，被景琮聽個正著，握著她兩條軟軟的腿抖了抖，掛在蜜唇上要掉不掉的情液，終是滴了下去。

「留了兩個月的能不多嗎？小貓自己還淌了不少的水。」說著就起身將嬌軟的她放在床間，一身凌亂的裙衫已遮無可遮了，景琮一揮手喬宓又全裸了。少女渾身布滿斑駁吻痕，連腳背上都有他咬過的痕跡。喬宓單純得以為終於可以補眠了，伸手想拉過錦被蓋上。

「春天了呢。」景琮捏著她的玉乳，莫名其妙來了這麼一句。

「什……啊！」頃刻間，床榻上就多出一頭巨虎來，通體無一絲雜色的純白，威武漂亮得耀眼，虎爪一抬就按下了驚坐而起想跑的喬宓，「乖些，只弄一次就好。」

「你！這個老變態！啊～」要命的是喬宓居然被牠趴著按下的，翹起的小屁股正巧貼在牠的胯部，柔順密實的虎毛掃過嬌嫩的臀瓣，很快就是又一根可怕的大凶器頂了上來。

景琮甩著尾巴，伸出舌頭舔了舔喬宓光裸的後背，獸化後欲望陡然加劇，他自己都能感受到胯下的虎鞭已經硬得不行了，「上次都可以，別亂動，讓我慢慢進去。」他大半虎軀都貼在她身上，長長的厚實白毛幾乎將她整個人掩蓋。看不到的私密處，一根如鐵棒般一手都握不住的黑紫獸器，已經抵在少女幼嫩的花口上。

比人形要猙獰太多的肉頭小口上正冒著一股涓涓白沫，輕蹭在微闔的溼濘縫口間。「啊！！」巨碩生硬的肉頭擠進來時，喬宓忍不住尖叫了，縮動的媚肉咬緊了小虎頭，急促的驚呼中有緊張也有刺激。那東西不斷在推進，火熱強勢、帶著原始獸性，一寸寸地侵入她的體內。

在經歷過多次獸交後，喬宓的身體也不是那般抗拒了，特別是遇上夜麟那條變態蛇，被他兩根獸器換來換去地進出，景琮這一根虎鞭顯然要好受不少。不過，也依舊粗得能要她的小命。

「進、進慢些！唔啊～好難受！」窄小的內壁不斷被脹滿，隨著推移，那股可怕的填充還在不斷往最深處頂去。她控制不住地在他身下抬臀張腿，盡最大可能去配合他。

「再翹起來些，馬上就能到裡面了，宓兒裡面又溼又熱。」毛茸茸的虎頭不時蹭著喬宓的臉頰，這種情形是說不出的詭異，身上壓著一隻大老虎發著人聲，私密處還在一點點地交合，簡直羞煞人也。

小虎頭重重撞上花心時，一人一虎都抑制不住發出了聲音，「啊～」還沒等喬宓適應，那駭人的尺寸就開始在甬道中抽動起來，層層疊疊的嬌嫩媚肉被不斷摩擦，入弄的重擊竟然漸漸將她頂到了床頭。

「呃呃呃！太大了嗚～慢、慢點！」絞著這根搗弄不斷的大凶器，痠軟的肚子再度脹得不行，喬宓硬生生被入得哭喊起來，不過很快那抽泣的聲裡就夾雜了不少撩人的淫媚。

獸型的抽動可比人形時生猛多了，打樁般的衝擊侵入又深又重，既疼卻也極爽，體質不同以往的喬宓，漸漸被鋪天蓋地的快感淹沒，「啊啊啊——」

第四十七章

被奪權的景琮終於不用日日入宮了，便多得是和喬宓纏綿的時間。正是春寒料峭萬物復蘇時，獸族的情欲達到空前高漲，縱欲過度的喬宓已是苦不堪言。好在今日王府來了幾位老臣，景琮不得不去應付，才咬牙把喬宓推給了望眼欲穿的裴禎。

午後的民街繁鬧，一身粉裙嬌俏的喬宓穿梭在人群中，裴禎實在無奈，便伸手牽著她，往一處地方走去。

「這裡怎麼這麼眼熟？」喬宓看看不甚寬大的街道，忽而鼻間一動，香辣的烤魚味撩撥得她立刻鎖定了不遠處的攤子，立刻就想起那次躲在裴禎馬車裡出宮的場景，「原來是這裡啊，子晉哥哥，我要吃烤魚！」

裴禎溫和一笑，他本就是帶她來吃的，「走吧。」

和上一次抱著的調皮小貓不同，這次喬宓化了人形，坐在裴禎身側小鳥依人，頗有幾分夫妻鶼鰈的意味。依舊是那位風情韻韻的老闆娘端了魚來，一雙眼睛都快黏在裴禎身上了。

「怎麼了？」看著喬宓嘟囔著小嘴，目光幽怨地看著自己，裴禎甚是迷惑。

把玩著手中的竹筷，喬宓懨懨地垂著貓耳，哼哼道：「你長得太好看了，她們都在看你。」

原來是打翻了小醋罈子，裴禎恍然一笑，如沐春風柔情暖暖，摸了摸喬宓的耳朵，勾唇輕聲道：「我只看妳。」

「碰！」無數的小煙火在喬宓心頭絢爛炸開，甜甜的喜悅瞬間漫上眸間，一雙黑亮的貓瞳彎如黛月，伸手抱著裴禎的手臂蹭了蹭，「我發現子晉哥哥愈來愈會哄人了。」

「快吃魚吧。」一如初次帶她來吃魚那般，裴禎細心地挑去了魚刺才餵給她。不知不覺中，他似乎已經養成了這個習慣。看著喬宓微張粉唇含住雪白的魚肉，長長的眼睫忽閃，心滿意足在偷笑，裴禎的目光愈發柔和。並不是他愈來愈會哄人，只是那顆為她跳動的心，愈來愈炙熱罷了。

「國相，方才宮中來人，道是陛下急召您入宮。」侍衛是從國相府趕來的，裴禎從他手中接過詔令，上面的虎紋璽印殷紅，確實是少帝的御筆。俊儒的眉心微動，對上喬宓意外的眸光，他微微有些失望。出王府前他承諾了要陪她一天，這也是他好不容易從景琮那裡爭取來的時間，「小喬。」

喬宓忙揮手，指了指碗裡堆積的魚肉，揚著笑靨道：「沒事的，子晉哥哥你快去吧，我在這裡吃完魚就回王府去。」這幾日收到探報，有夜國人潛入了景都，雖然不能證明是夜麟的人，但也差不多。裴禎有些遲疑，國事固然重要，又怎及喬宓的安全，不禁皺眉，「先吃吧，我送妳回去再入宮也不遲。」

「不行不行，陛下急詔，若是去遲了遭問罪怎麼辦？你若實在不放心，就多留幾人，我保證吃完魚就乖乖回去。」現在景暘羽翼漸豐，連景琮都不放在眼裡，若是有意要廢掉裴禎的相位，拒詔不入宮也是個好藉口。

終究在喬宓的再三保證下，裴禎點下四個護衛，還遣人去王府送了信，才策馬速速離去。他這一走，喬宓總覺得心裡空蕩蕩的，也沒了胃口。「回王府去吧。」才起身，不遠處就傳來了馬蹄聲，身邊的侍衛驚詫地「咦」了一句，喬宓忙抬頭看去，竟然是裴禎又回來了，看著她還站在原地，瀟灑地翻身下馬走來。

「子晉哥哥，你怎麼又返回了？」

「留妳一人終究不便，不若帶妳一起進宮。陛下昔日與妳交情甚好，應當不會問責。」

進宮？喬宓卻謹慎地搖了搖頭，「不，我還是回王府吧，王爺說陛下現在不比往日，少見為妙。」

裴禎一愣，如玉的長指輕撩在喬宓額間，將散下的碎髮順到耳後，看著她泠泠秋水的雙眼，神色忽而淡然不少，「傻女孩，有我在呢，一同去吧。」

也是，就算少帝想對她不利，還有裴禎護著，「那、那好吧。」

甫一入宮，喬宓頓時覺得親切感十足。在帝宮生活了三年，無論前朝還是後宮她都熟悉極了。不過今日裴禎倒是奇怪，居然帶著她從最冷清的宣化門進宮。

「子晉哥哥，我怎麼總覺得這些人有點奇怪？」雲道宮廊上並無多少來往宮人，偶爾遇見一兩個，也是木訥地跪地請安，抬頭時空洞無神的眼睛嚇得喬宓心頭發毛。

裴禎本來走在前面，聞言回首拉住了喬宓，微涼的指腹摩挲著她溫熱的手心，笑道：「哪裡奇怪？快走吧。」

本以為裴禎是帶她去御龍殿，不料兩人直接被請去了旁邊的大殿，望著堂皇宮室中的雕欄華柱遊龍金鳳，喬宓不禁愣了愣。如果沒記錯，這裡應當是歷代皇帝的寢宮才對，此刻喬宓心下的疑雲更重了，「子晉哥哥……」

「喬喬。」喬宓循聲看去，只見穿著玄色九龍日月袍的景暘從重重金幔中走了出來，峻拔的身影穩沉，正似笑非笑地看著她。頓時，一股鑽心的涼自腳底騰起。

「子晉哥哥！」她迫切地轉身想去抓住裴禎的衣袖，可是哪還有裴禎的身影，豐腴妖嬈的紅裙女子好不譏諷地望著她，雙腕上的一對金鈴鐺脆聲響起。

「又是妳這個妖女?!」不只金鈴，喬宓發現大殿的門口又出現一人，他握著金柄權杖，寬大的黑袍斗篷遮蔽了周身，行走間一雙精瘦黝黑的鹿腳駭然。魔族的鹿黯！

「景暘你……」顯然，他真的勾結了魔族。

還不等喬宓說完，角落的鹿黯陡然抬頭，一雙猩紅猙獰的眼睛看向了她的小腹，如地獄爬出的惡鬼般，散著一股不祥的黑霧，「陛下，此女已有身孕，切莫枉做多情，速速用她逼景琮交出兵權為上。」

「身孕？」不只喬宓震驚了，連景暘也有了幾分驚愕，但是很快，清俊的龍顏上便露出一道殘忍的笑來，目光幽沉地盯著不知所措的喬宓，「如此更好，想來皇叔再無情，也不會連自己的孩子都不要吧。」

喬宓本能地捂著肚子，裡面當真有了孩子？她竟然都不曾發現！原本該是歡喜至極的事，這會她卻恐懼無比，不過景暘的話卻讓她安定了幾分。起碼在沒拿到景琮的兵權之前，她都會沒事。

「景暘，我看你是瘋了！」昔日那個看見她笑就會臉紅的阿暘，已經不復存在，現在的景暘當真崛起了，用盡手段成了真正的王。

「瘋了？喬喬又怎知這不是我的本性呢？別怕，我再瘋也不會傷害妳的。」他一邊說著，一邊朝喬宓走來，金龍腰帶上的玉玦流光暗轉，褪去幾分青澀的俊顏有些陰寒，愈看愈似景琮，染著笑意的墨瞳布滿戾氣。莫大的危機感襲來，喬宓驚怯地往後退去。

不知何時，鹿黯與金鈴都消失了，只剩下大敞的宮門，喬宓想也沒想就往門口跑去，眼看就要踏出玉檻，卻撞在一面無形的牆上，巨大的術法直接將她震倒在地。

「啊！」她下意識護著肚子，手肘間一股劇疼，再往宮門看去時，一道若有似無的黑霧閃現。她驚懼地朝景暘看去，只見他抬手間，掌心便是一股騰起的小黑霧。

「你——！」他居然不只勾結了魔族，還修煉了魔族的術法！

收回掌中的黑霧，宮門轟然閉上，景暘神色從容地將她從地上打橫抱起，笑道：「喬喬現在要乖些，有寶寶就不能坐在地上了。」

他竟然抱著她兀自入了龍帷，赤金遊龍盤踞的大床奢靡，喬宓被放上去時掙扎了起來，「你要幹什麼！」

景暘卻輕而易舉地制住了她，目光寒沉地從她臉上一路看到腹間，隔著層層雪紗裙衫，將手掌貼在她的小肚子上，輕輕揉動，「皇叔的孩子？」

喬宓被他眼中的陰鷙嚇到了，而且壓在腹間的手掌愈發用力，不禁尖叫，「你把手拿開！」

「噓，小聲些。」景暘微眯著眼，輕輕地捏了捏扼在掌中的纖細雙腕，喬宓立時疼得說不出話來，眼睜睜地看著他用手指挑開了裙帶的如意釦，竟是要解開她的衣服。

「不、不可以！阿暘你放開我！你要做什麼？你別亂來！」她的恐慌成功讓他愉悅起來，一把抱著扭動的喬宓，景暘貪婪地汲取著她身上的馨香，忍不住親吻她的耳垂。察覺到她的躲避，他更是興奮了，掐住她的後頸迫使她抬高臉。溼濡的舌頭一下一下舔在臉頰和頸間，喬宓嚇得眼睛都紅了。

「喬喬，寡人一直都好喜歡妳呢，可是妳從來都不會回頭看我一眼。妳喜歡皇叔，喜歡裴禎，為什麼就不能喜歡我呢？」他的聲音平靜得可怕，卻散著一股嚇人的偏執。

「你先放開我！」察覺衣物被他一層一層卸下，喬宓已經慌得不行了。她不是懵懂無知的純情少女，景暘這樣的舉動只有一個意思，可是她還懷著身孕……

「啊～」鎖骨處被咬得一陣劇痛，最後一件單薄的雪紗也被他撕碎，大片光裸的玉肌盈盈，上面還殘留了不少曖昧的痕跡，景暘竟然一一去舔吻著。

「喬喬，我做的這一切可都是為了妳，乖，過了今天我會冊封妳為后，我要妳陪我一輩子。」

喬宓拚命捶打著他，卻怎麼也推不開不斷侵犯的危險，到最後已然哭喊了起來，「我不要！你不要這樣！景琮會殺了你的！我也會殺了你！放開我！」他的唇已經貼上雪白的小肚子，月份尚淺並未凸起的小腹美麗極了，他忍不住用牙齒輕咬著，隔著一層血肉下，正神奇地孕育著一個孩子。

「妳說，如果我將精元渡進這裡面，寶寶會不會變成我的呢？」喬宓恐懼地瞪眼。

第四十八章

景暘對喬宓的愛是從何時開始的？大概是第一次看見景琮抱著白貓那時，滴溜溜的貓瞳靈敏極了，幽幽含水好似能將人的魂吸進去。往後的三年裡，每每只要她出現在朝堂上，那一日的朝會，他竟然就覺得並不是那般難熬了。

猶記得有那麼一次，景琮將貓放在他身側的龍椅上。酣睡的她並不乖，長長的貓尾不時甩在他的手背上，酥酥癢癢的。寬大的龍袍廣袖下，他的手指忍不住按住了她的尾巴。蓬鬆茸茸的柔滑，瞬間讓他有些捨不得放手。

走神的他並未聽清皇叔與朝臣爭論了什麼，下朝後便被景琮訓斥了一番，之後的一個月，他便再也沒有見過白貓了。他知道，皇叔並不喜歡別人碰他的東西。

直到冬日時，他偷溜出帝寢去了御園，在未央湖邊看見了她。蓬鬆的小貓跳入湖中抓魚，卻笨拙地被魚尾拍來拍去，讓人忍俊不禁，眼看她就要溺入冰窟，他想也沒想就衝了過去。

隆冬漸凍的未央湖太冷了，四面八方湧來的湖水冷得痛徹骨髓。將小貓從水中撈起時，她已經沒了知覺，那一刻他有些慌了神，凍紅的手顫慄地晃動著她，她也沒半分反應。那雙漂亮的貓瞳似乎再也不會睜開了。

並未多想便將周身不多的真氣往她身上灌去，在他神識幾近暈眩時，有人尋了過來，直到那些人將她抱走了，他還蹲在覆滿白雪的樹叢後面，一雙腿已經被湖水凍僵了。幸好一個月後，他又看見了她。

後來，她終於能變化人形了，穿著粉色宮裙的姝麗嬌俏，和他幻想的並未差太多，嬌軟的聲音、盈盈的笑意，一顰一動都扣動他的心弦。日復一日，她吸引了他所有的目光，更是悄無聲息地占據了他的心。可惜，他知道她並不喜歡他……

就如這一刻，他將她推倒在身下，滿心的歡愉和激動訴不盡，她卻是無邊的怨恨和哭泣，景暘甚至開始有些無措了，看著她噙滿淚水的眼睛，依舊那般明亮澄澈，卻又並不是他所想要的。

「不准哭！」他煩躁挫敗地大吼一聲，整個人卻如落冰窟。她的眼淚讓他又想起了那年的未央湖水，冷得心都是痛的。喬宓被嚇得一個瑟縮，竟然看見景暘的眸底升起一團詭異的黑光，凌厲的殺意轉瞬消逝，流淌在最深處的，是一股難以言喻的哀色，「喬喬，妳別哭，寡人……我、我不想要妳哭。」

她的上裳被他撕得七零八碎，腰間的裙帶也半散了，可惜她的眼淚讓他再也沒有繼續下去的勇氣，顫著指腹想替她擦拭眼角的淚水，卻被她如見穢物般躲開。他的心更疼了，窒息得難受，「我沒做錯什麼，我愛妳，想要得到妳，難道如此錯了嗎！」

他的桎梏鬆懈，讓喬宓有機會攏起破碎的衣物，遮住裸露的上身，目光下意識避開滿臉悲色的景暘，回道：「愛一個人、想要得到她，並沒有錯，可是你有沒有想過，我並不願意，而且我根本就不愛你。一直以來我都將你看做好友，你怎麼能這樣！」更不消說，她現在還懷著他皇叔的孩子。

景暘愣怔地站起身來，倉惶退了兩步，悲極反笑，「是嗎？好友？」突然，他「碰」的一聲單膝跪在地上，低頭捂著胸口似乎在隱忍著什麼。

喬宓驚愕地躲到龍床內側，蜷腿護住肚子。「你、你怎麼了？」他似乎很難受，雙手竟然開始捶打起胸膛來，低著頭隱約能聽見從喉頭處傳來的悶哼，壓抑著滿滿的痛苦。

「陛下？阿暘！你究竟怎麼了?!」喬宓被他這詭異的舉動驚到了，悚然往前挪了挪，手指將要碰在他的肩頭時，他卻突然抬起了頭來，慘白的俊顏猙獰，一雙漂亮的鳳眸裡不再是悲色哀傷，可怖的黑瞳空洞陰鷙的如同惡鬼，周身被一股黑霧籠罩。

「啊！」她被嚇得忙往後躲去，只過了幾秒，景暘似乎又恢復了正常。

「我剛才……」他的臉上沒有半分血色，白得可怕，看著驚恐的喬宓，也意識到方才可能發生了什麼。他猝然起身，欲言又止，卻終究速速轉身。峻拔的身影消失在宮門處，說不出的落寞和脆弱。

很快，就有宮娥送來了新的衣裙和一碗冒著熱霧的湯藥，「陛下說這是養胎的補藥，讓小姐安心喝。」逃過一劫的喬宓當然相信了，景琮那人並不好控制，光握著她一個根本就不夠，加上一個孩子倒還有些可能。不論景暘還是鹿黯，都不會蠢到對她下手。

方才那番驚嚇，讓她小腹隱約有些不舒服，忙將湯藥喝了個光。現在她要做的就是保護好孩子，然後，等待。

喬宓被關在帝寢兩天後，景暘才再度出現，他的臉色並不好，坐在龍床畔，目光灼灼地盯著喬宓的肚子看，須臾才出聲，「如果皇叔和裴禎都死了，妳會喜歡我嗎？」

本就警惕著他的喬宓，登時被他話語中的殺意驚到了，「你……」

「噓，不用說了。」景暘自嘲地一笑，屬於少帝的霸權才剛開始，他卻已經有些累了。他伸手摸向喬宓的肚子，卻被她躲開，只得悻悻地收回手來，把玩著指間的青玉扳指。

「知道嗎，有人願意拿十座城池來換妳呢。」喬宓愣怔，十座城？莫非是……曉她已經猜出，景暘便冷哼道：「對，就是夜太子，不，他現在已經是夜帝了，如此弒父殺兄奪位之人，妳也喜歡？」

若是以往不認識夜麟，她或許會厭惡畏懼這樣的人，可是在夜國的那兩個月，讓她清楚知道他究竟是個怎樣的人，即便現在知道他殺了夜煊，也不會覺得奇怪，「景暘，你現在與魔族勾結就是與虎謀皮。景琮縱有千萬不該，但他也是你的皇叔，而且你有沒有想過，他根本就無心那個皇位。」

「閉嘴！」一提到景琮，景暘就變得格外暴躁，俊朗的五官開始扭曲，「皇叔？自從我知道父皇在詔書上寫的是景琮後，這個皇叔就註定是我的敵人。」

喬宓驚愕，「你怎麼知道的？」這件事她有聽景琮提過，但是那張詔書已經在景暘登基後就銷毀了。

景暘嗤笑，周身戾氣盡顯，「我那好父皇寫詔書時，我就躲在旁邊。說我暴戾狠毒？不利萬民？哈哈，從那時起，我就發誓無論如何，終有一日要真正成為天下之主，讓父皇知道他是錯的。」

十年了，他一直活在面具之下，做一個傀儡少帝，甚至已經開始自暴自棄了。直到喬宓出現，讓他有了另一種渴望。是她喚醒了他對愛情、乃至無上權力的渴望。

「那你也不該去勾結魔族。」

景暘微揚起的唇側已透著幾分瘋狂，「不該嗎？妳又可知，我六歲那年被父皇硬生生廢掉了靈根，從此都無法修行。若不以魔族的內功突漲元神，難道我要做一輩子的廢物！」

不，他已經不是那個可憐到痛不欲生，卻只能在大殿裡慘哭滾叫的小兒了。他不想再體會那種痛苦，哪怕是永墜魔道，他也在所不惜。

喬宓駭然，她不能想像他究竟經歷了什麼。幸好她意外的目光裡並沒有低微的憐憫，讓景暘冷靜了幾分，冷笑道：「鹿黯能給我最強的修為，而我能幫他復族，讓他成為魔君。談不上與虎謀皮，不過是各取所需罷了。」

好一個各取所需，難怪那次秋獵他失蹤一夜後，再回來時整個人都變得異常。喬宓還以為是自己的錯覺，想來那時他便開始學習魔族內功了吧。她突然想起一件事來，「王姑娘是怎麼死的？」

景暘挑眉，眸間一片詭異寒光，「喬喬以為是我殺了她？雖然我很不喜歡那些女人，但是也沒必要去殺了她。」誠然，他沒必要殺人，但他也沒有阻止別人殺了王玉如。

「好了，這幾日妳還得繼續待在這裡，我保證只要拿到兵權就會送妳離開，放心吧。」

第四十九章

此後的日子，景暘不時會來帝寢坐一盞茶的時間，但絕不提及外界的任何消息。喬宓敏銳地發覺，他一日比一日奇怪，變得神情扭曲易怒，只有在面對她時，還極力壓制著危險。

一晃便是半月而過，不同於普通人類，獸化一族的懷孕週期很短，她的小腹現在已經開始隆起了。可是無論景琮還是裴禎，都沒有半點消息傳來，這絕對不是個好現象。

直到這一日，景暘匆匆踏入殿內，抓起喬宓的手，不由分說就帶著她往外走，

「陛、陛下？」喬宓被拽得幾個踉蹌，護著小腹才勉強跟上他的腳步。才出寢宮，他們就被團團包圍了，看著一群黑袍魔人，喬宓便知道不妙了。

「喬喬別怕，寡人會保護妳的。」

鹿黯從人群中走出，猙獰可怕的血紅眼睛看著景暘，刺耳的桀桀笑聲響起，「陛下這是要去哪裡？她可是我們重要的人質呢，如今景琮大軍圍宮，你放走了她，我們可都難逃

一死呀。」

景暘將喬宓護在身後，惱怒斥道：「鹿黯你騙了寡人！什麼復族為君，你要的是景國，你覺得寡人會讓你得逞嗎！」

「看來你這小皇帝也不是太蠢啊。」一身紅衣的金鈴踝蹬上前，媚眼如蘇笑看著俊武的少帝，絳唇輕啟，「可惜太遲了，識相些，快把那女人交出來。」

喬宓大致能猜出發生了什麼，察覺景暘身上那股戾氣暴增，她擔憂地拉了拉他的廣袖，「阿暘，千萬不要走火入魔了！」他現在習了魔族的內功，一旦走火入魔，只會元神爆炸而慘死。

夜空之下，只見鹿黯將手中的金杖往地上一捶，驟起的狂風間，猩紅的血光中顯出一道詭異陣法。嗡嗡咒語既起，氤氳而生的一團黑霧直朝景暘襲來。

「小心！」喬宓尖呼了一聲，景暘卻用最快的速度，轉身將她推到一旁，那團猩光大作的黑霧直接射入他的心口。

「啊！」慘烈的嘶吼聲後，黑霧開始用肉眼可見的速度侵蝕他的身體。摔在地上的喬宓驚恐轉頭，卻看見景暘痛苦萬分地張開雙臂在掙扎，清俊的面容漸漸猙獰。可是他的眼睛，竟然一直在看著她，「喬……喬……」

他似乎想將手伸向她，黑霧卻很快侵蝕到了指尖，被圍困住的他已經沒有機會了，咫尺之間卻已是他和她的天涯。黑霧漫過頸項時，他痛苦地張大了嘴，想要最後一次喚她的名字，「喬……」

「阿暘！」喬宓想撲過去，卻已經來不及了，瀰漫的黑霧徹底吞噬了他。殘風捲起，猩紅的陣法自他腳下生出，烏雲蔽月，頃刻間空中魑魅游離。「啪嗒」一滴眼淚掉在她的掌中，那是景暘最後留給她的東西。

「阿暘。」咒語停下時，包裹著景暘的黑霧剎那退散，月光之下，峻拔的少年一襲黑袍，垂首散髮，周身泛著死亡的氣息。待到鹿黯的刺耳笑聲傳來時，他緩緩抬起了頭。詭白的面龐僵硬，微抿著猩紅的薄唇，一雙墨瞳空洞洞地流露著嗜血的凶光。

喬宓最後的希望破碎了，她怔怔地看著面前的少年，顯然他已經不是景暘了。掌心的淚水悄然從指縫滑落，她哭著搖頭，「阿暘……」

「瞧瞧，多麼完美的傀儡啊，來人，將那個女人帶走。」鹿黯桀桀笑著，立即有黑袍人上前擒住喬宓，直到她被帶遠了，站在原地的少年也沒有半分波瀾。他似乎沒有了靈魂，只剩下一具行屍走肉任人支配。

身為魔族人，鹿黯的野心從來就不小，他不甘於臣服魔君之下，甚至妄圖得到更多的權力和無上的修為。當然，相比權力和修為，他更想得到的是長生不老，萬獸大陸上的獸化之人普遍只能存活四個甲子。所以，無論地位有幾多崇高、修為如何巔峰，最後都會化為白骨。

「只要能集齊千人元神，我便能練就長生不死之術。」而這千人之中，須得都是修為上乘的人，想要集齊談何容易。喬宓憤惡地看著黑袍之下駭人的鹿腿，咬牙，「你想要景琮的元神？」

「當然，不只他，還有那個裴家的小子都得死。長生不老坐擁天下，於我只有一步之遙了。」他沙啞的聲音裡是抑制不住的興奮，看著宮牆下的萬萬兵將，已然勝券在握。

簇簇烽火點亮了半邊天，喬宓被關在鐵籠中，只聽到宮牆下兵戈鐵蹄聲大爍，一想到景琮和裴禎就在下面，便抓緊了鐵欄。鹿黯再如何厲害，也不是景琮的對手，更何況還有裴禎相助，所以他最大的王牌就是喬宓了。不過，他現在又多了一張底牌。

喬宓被關在鐵籠中懸在宮牆外，半空之中，她終於看見了那幾道熟悉的身影，一頭華髮的景琮、手持骨扇的裴禎，竟然還有夜麟！

「宓兒！」

「小喬！」

「果果！」

三人齊齊出聲，夜麟看著籠中的喬宓，連忙想上去救她，卻被裴禎攔住了。

「你攔著我做什麼！」他生性本就霸蠻，耐心這東西向來不多，心心念念的女人被人這麼傷害，當然是無法忍受分秒。

裴禎溫潤的面上一片凝重，搖頭道：「不可妄動。」

唯有景琮握緊了手中的指揮杖，陰寒的棕瞳殺意漸現，「那籠子四邊被貼了符咒，你若貿然上前，只怕會先害了她。」

果不其然，夜色下的火光閃爍中，隱約能見鐵籠外角處貼著四張符紙。

喬宓看著夜麟被攔下，便大喊道：「我沒事，你們別過來！」她的話音將落，鐵籠突然往下墜了半公尺，喬宓驚呼著轉身看去，粗長的鐵鍊被黑袍少年拉在手中，只要他一鬆手，她就會掉下去，不摔死也會被雷咒炸死。

「阿暘！」她下意識地喚了他一聲，可惜他已經不是那個等待多年、抱著她說愛的可憐少帝了。

鹿黯得意地揮了揮金杖，變出了一把青峰長劍扔給少年，轉而下了命令，「去吧，我的傀儡，去殺光這些人，幫我取得元神來。」毫無意識的少年接收到指令，帶著百來名黑袍人直接從宮牆飛身而下，開啟了可怕的殺戮。

「小心，他不是景暘，不對，他是被控制了！」喬宓終於知道鹿黯的勝券是什麼了，成為傀儡的景暘修為竟直達巔峰，長劍一揮間便是百人喪命，頃刻間宮牆之下便成了修羅場，連夜麟都差點接不住他的連連殺招，幸而旁側有裴禎相助。

慘叫聲不斷，景琮的萬獸大軍轉瞬便折了一半。混戰還在持續，死亡已經籠罩了這座帝宮。

「不要！」喬宓眼睜睜地看著裴禎被景暘刺中肩頭，那一劍還未拔出，上前去救的夜麟也被黑霧襲中了丹田。幸好景琮揮掌而去，將裴禎隔開了幾公尺遠，迎上了鹿黯放出的螣蛇。

那侵吞千人的猩紅螣蛇，竟然被他一掌擊成了粉，魑魅般的黑袍魔人也連帶著紛紛命喪在他手下。

「王爺，快去救小喬！」

那邊的鹿黯見大勢已去，便想直接挾持喬宓，眼看籠子開始上升，景琮瞬移而去。

「很好，自投羅網，那便一起去死吧！」鹿黯直接放開手中的鐵鍊，嘩啦啦——籠子飛速墜下，就在景琮剛碰到鐵欄時，鐵籠四角的符咒立刻被啟動了。

「砰砰砰！」轟鳴的爆炸聲接二連三響起，白光渲亮了整個夜空。

「別怕……」火光中，喬宓被一雙大手抓住，緊緊地護在懷中。

緩緩墜向地面時，她抱著他哭出了聲，無措地看著他嘴角溢出的鮮血，「不要離開我！」

他用血肉之軀護住了她，不讓她受損絲毫，墜在淌滿鮮血的地上時，也不曾鬆開手。

他想告訴她別哭，可是一張嘴鮮血便不斷湧出，他不想嚇到她，努力地想笑給她看。

「不要不要！不要死……我們有孩子了，你快起來看看！起來啊！」他吐出的鮮血從她的指縫溢出，雪白的長髮被染成殷紅，那雙棕瞳摻雜了太多的情愫和愛意，他眷念地伸手想要撫向她，顫巍巍的手卻在半空無力滑落。

「啊！！」

「小喬！」

「果果！」

天邊的啟明星升起，血霧迷離的朦朧天空中飄起了茸茸白雪。可是，三月的春天才剛剛到來。

一個月後。

四季隆冬的冶狼城一如既往的冰封雪飄，好在元神穩固的喬宓不懼寒冷了，直到夜麟送給她的第十株天蓮凋謝時，裴禎才踏著風雪而來。

那一夜的混戰中，鹿黯死在了裴禎之手，而成為傀儡的景暘也隨之灰飛煙滅。景琮為了護住她差些喪命，幸好夜麟將她和景琮帶到了冶狼城來，拿了夜國皇室的聖物為景琮續命。

不過，因為續命的聖物是冰屬性，所以他們須得在極寒之地的冶狼城住上一段時間，直到景琮徹底康復。

「子晉哥哥，景都那邊都處理好了嗎？」景琮重傷，景暘逝去，國不可一日無主，只能由國相出面從宗室挑選了新帝即位。裴禎用了一個月肅清了景都殘留的魔人，便辭去國相之位，不遠萬里趕來了冶狼城。

「都處理好了。」因為天寒，喬宓穿的絨裙格外厚實，裴禎看了看她的肚子，關切道：「孩子……」

嘴裡叼著塊花糕的喬宓，忙牽著他的手在腹間摸了摸，微凸的小肚子還不是太顯懷，澄澈的貓瞳水亮，「夜麟帶了太醫來，說是雙胞胎哦。」裴禎溫潤的月眸登時一揚，寵溺地揉了揉喬宓的貓耳，「甚好，王爺必定很高興吧。」

那何止叫高興……喬宓從沒想過，有朝一日，自己的餘生會和三個男人共同度過。有句話是三個女人一臺戲，他們三個男人湊在一起也沒平靜多少。鬧得最凶的當然是景琮和夜麟，兩人誰也看不慣誰，喬宓成天哄完這個哄那個。等到肚子愈來愈大時，她的脾氣也愈來愈糟，也就懶得理了。

大不了任由兩人昏天黑地打一架，不過往往敗北的都是夜麟。儘管景琮傷勢還未痊癒，他也不是他的對手。

「他如今好歹是皇帝，你能別打他的臉嗎？」喬宓縮在景琮的懷裡，讓他用暖爐給她敷腳，想起方才夜麟那張邪魅俊臉青紫斑斕的慘樣，她都覺得心疼。

「怎麼，小宓兒心疼了？」景琮睨了喬宓一眼，甚是不滿意地張口含住她髮間的絨耳，聽著她細碎的輕嚀聲，不禁冷哼。

「別，別咬了，唔~」敏感的地方被吸吮著，喬宓忍不住在景琮懷中掙扎起來。現在肚子一天比一天大，行動也不比以往方便，才動了兩下就累得嬌喘不已。

「好了，讓我看看肚子。」室內燃了地暖，她便也沒穿多少衣服，交襟的錦裙被景琮抽去腰帶，露出渾圓的大肚子來。雪色的肌膚更甚剔透，景琮忍不住用指腹摩挲著。這裡面孕育著她和他的骨血，屬於他們的孩子……

「過兩個月便要生了，王爺你覺得是女孩還是男孩？我希望最好是一男一女。」每天景琮就喜歡這麼看著她的肚子，那雙冷情多年的棕瞳才會溢出溺人的溫柔來，喬宓忍不住暢想了一下寶寶的性別，覺得和孩子父親談論起來格外幸福。

景琮笑了笑，並未開口，攬著喬宓腰肢的大掌力道都緩了不少。在她喋喋不休的空檔，他俯身將唇貼上鼓起的肚皮，再抬頭時，看著愣怔的她，薄唇側昳麗的弧度更深了，「只要是妳生的，我都喜歡。」

他確實是喜歡得不行，自從兩個兒子誕生之後，恨不得天天一手抱一個，為數不多的耐心恐怕都用在了這一年，只有偶爾忙不過來時，才會將孩子扔給裴禎去抱。

以前喬宓並未見過新生兒，總是從小說裡讀到剛出生的孩子都皺巴巴得跟隻猴子一樣，偏偏她這對雙胞胎，從胎裡出來就粉白圓潤可愛，一點都不醜，大概是繼承了父親的強大基因。

「小喬快看，大寶眨眼睛了，還在笑呢。」正在給二寶餵奶的喬宓，連忙湊過頭去看裴禎懷裡的大兒子。小傢伙長得虎頭虎腦，一雙眼睛漆黑明亮，眨眼間燦若星辰般好看。

「真漂亮。」喬宓忍不住讚嘆一聲。可是無論是大寶還是二寶，眼睛都不是棕色的，喬宓隱約覺得有些不對勁。

坐在旁邊的夜麟冷哼，「以後我和果果的兒子肯定更好看。」

喬宓直接無情地扔了個白眼過去，裴禎更是不理會他，兀自逗弄著孩子，倒比景琮那親爹還要殷勤，看得出他是真心喜歡兩個孩子。「子晉哥哥快別搖了，以後養成習慣，不就得天天要人抱著。」

裴禎溫和一笑，握著大寶的小手輕晃，滿是喜愛地說道：「沒事的，待明年會化形了，小傢伙就不要人抱了。」

千盼萬等，終於等來了雙胞胎周歲化形的日子，期間喬宓又有了身孕，當然是夜麟幹的好事。這一年裡景琮忙著照顧孩子，裴禎又溫和得不行，倒讓他鑽了空檔。

將兩個孩子放在鋪了絨毯的茵席上，喬宓撐著腰等著見證奇跡的時刻。「變了變了！」

周歲幼兒能不能成功化形，關係著自身的靈根，除了喬宓提心吊膽，強大如景琮也沒好到哪裡去。儘管對自己的孩子有很大的信心，難免還是有些忐忑。

幾個人都緊緊盯著兩個嬰兒，誰也不曾說話。只見胖乎乎的兒子身上開始出現絨毛，四肢漸漸化為獸形，然後是尾巴……耳朵……腦袋……

「這、這是怎麼回事?!」喬宓不可置信地揉了揉眼睛，景琮手中的茶杯都摔到地上去了，身側的裴禎更是驚得站起身來。

唯獨夜麟翹著腿坐在椅子上，看著臉色黑沉的景琮得意地大笑起來。

第五十章

期待的雪茸茸小老虎，竟活生生變成了奶白的呆萌小獅子，別說景琮鬱卒吐血了，連喬宓一時半會也沒回過神，唯獨裴禎被這一場烏龍砸得喜不勝喜。難怪平日就格外喜歡這兩個孩子，原來如此。

「小喬小喬，這是我的孩子！」一慣來風輕雲淡，清冷如月的裴男神，竟然也有如此欣喜到手忙腳亂之日，抱著兩隻小獅子激動得差些淚流。喬宓也是哭笑不得，不管是小獅子還是小老虎，那都是從她肚子裡出來的。

這件事直接導致喬宓半年沒有見到景琮，生氣的男人遠比她想像中還要決絕。直到再次生產那夜，她卻難產了。

景琮出現在產房時，她已經意識不清了，若非夜麟和裴禎齊齊渡了修為給她，可能已經熬不過了。

「果果，他來了，妳快睜開眼睛看看，求求妳別這樣，我們的孩子還在肚子裡呢，堅持住好不好？」

這大概是夜麟一生中最狼狽的時候，跪在喬宓的產床前，早已沒了半分霸道帝王的威儀，淚水不斷滴落在兩人緊握的手上。她卻像是睡著了一樣，沒有任何反應。

景琮直接推開夜麟，看著虛弱的她，早已是懊悔不及，「乖貓快醒醒，不是說要陪我一輩子嗎？這麼快就要食言了。我從沒怪過妳，挺過去吧，以後再也不會離開妳了。」

也不知是景琮的話起了作用，還是喬宓命不該絕，她不僅挺了過來，還生了一個……蛋。

喬宓這次的月子坐得很詭異，天天盯著床邊那顆蛋，心情是出奇的複雜。倒是夜麟見怪不怪，拿了夜國皇室的產子記載給她看，「放心吧，我母妃當年生我也是如此，彌月之時便能破殼，不會有事的。」

看看那外殼雪白、流溢暗紋的大蛋，喬宓皺眉，她倒不是擔心孩子，那蛋一日比一日晃得厲害，直接證明了孩子有多活潑，唯一叫她擔憂的是——「不會直接出來一條蛇吧?!」

她忐忑不安的眼神，讓夜麟受傷到極點，很是落寞地看著她，「蛇怎麼了！我們黑蟒一族長得多美，妳是不是嫌棄我的孩子！嫌棄我！」

喬宓扶額，旁邊的景琮更是給以無情打擊，「黑不溜丟的小蛇還美？」

夜麟當場暴走，當了近兩年的皇帝，已經很久沒人敢找他的碴，唯獨景琮依然討厭得很。兩人又是一陣大亂鬥，裴禎趁機抱著大寶二寶過來蹭親熱。一歲半的兩隻小獅子聰慧得不行，已經能認人說話了，穿著小皮靴的小短腿不斷在喬宓的床畔上蹦跳。

「娘親，這是三寶嗎？」

「娘親，三寶怎麼是顆蛋？又大還醜。」

大寶繼承了裴禎的性子，格外軟萌可愛，倒是二寶和景琮有幾分相似，欺負起人來不落半點下風，平日最得景琮的寵愛。

裴禎無奈地敲了敲二寶的小腦袋，笑道：「噓，叫你三爹聽見，非得揍你不可。」

夜麟千盼萬等，好不容易等來了這顆蛋，本就不被喬宓喜歡了，成日還被景琮打擊，現在連小屁孩也嫌他的寶寶，只恨不得把那蛋塞回喬宓肚子裡重造去。熬到彌月的前一夜，夜麟潛入喬宓的房間，看著被放在嬰兒床裡的蛋，俊美的面龐上有了一分失落。

「噗嗤，你不會真的以為我嫌棄孩子吧？」裝睡的喬宓實在是裝不下去了，從後方抱住夜麟，戳了戳他的俊臉，盈盈地笑著。

夜麟有些意外，轉身抱住了她，「怎麼沒睡？哼，妳要是敢嫌棄他，看我怎麼收拾妳。」一如既往的霸蠻狂妄，不過喬宓已經習慣了。

「明天的事情都安排好了？」夜麟如今已為夜帝，皇室中能繼承皇位的人，早些年都被殘害得差不多了。所以這顆蛋裡的孩子，註定要成為夜國的下一任帝王，他的彌月之禮更是要在萬眾矚目之下舉行。

「嗯，明日隨我一起去皇宮吧。」此前蒼啟來過了，一眼就看出蛋裡是個兒子，所以明日不僅是彌月禮，也是新一任夜太子的冊封大典。喬宓身為生母，更是夜麟上了玉碟的妻，明日的典禮出現正是合適。

喬宓卻搖了搖頭，她若是以夜麟皇后的身分出現，對景琮和裴禎都不公平。既然選擇了這樣的生活，他們都需要取捨，誰也不能去打破那個平衡。

夜麟很快就釋然了，若是以前他或許會生氣，但是現在他也明白了不少，寵溺地吻了吻喬宓的額頭，便不再提及這事。

「誒！蛋！蛋殼裂開了！」眼看著白色的大蛋龜裂了一道縫，喬宓急忙從夜麟懷裡跳下去，畢竟是從自己肚子裡出來的蛋，說不擔心都是假的，「怎會還有蛋白呢？不會還有蛋黃吧？」

夜麟看著一臉好奇趴在嬰兒床側的喬宓，「……」

細碎的破殼聲後，一隻粉嫩嫩的小胖手直接從殼裡探了出來，在喬宓震驚的愣怔中，一個頂著蛋殼的小萌娃出現在視線裡。這一刻，她的心都萌化了！

三寶成功破殼，不再憂心的喬宓終於安然結束了月子。

裴禎忙著教導小獅子，夜麟更是一心沉浸在小太子的未來大業中，獨餘下景琮目光灼灼鎖定著她……

四季飛雪的冶狼城一如既往的寒冷，燃了地暖的寢居裡卻是一片溫鬱，嫋嫋青煙氤氳，卻是怎麼也遮掩不了空氣中那抹淫靡的氣息。

鋪著天鵝絨的大床格外華麗，而躺在上面的喬宓卻狼狽極了。一雙細腕被紅繩緊縛在床頭，扭動的賽雪胴體赤裸著，密布曖昧的青紫痕跡。歡愛過度顫抖不止的雙腿亦被綁住，分開高高掛在床架上。

「嗯～不行了，不行了～」暈紅的粉頰嬌紅，噙著淚花的明眸失了焦距，只見下方微微抬高的翹臀間一片溼濡灼灼，黏稠的情液混雜著不斷溢出的白膩，涓涓湧在粉嫩的臀縫間。顯然，是被狠狠疼愛了。

她哀哭嬌囀的模樣好不可憐，發洩過一通的景琮，終於自獸型轉化成人身，胯下那巨型的虎鞭也變成駭人的肉柱，沾染的白色黏液還散著絲絲餘溫，「怎麼就不行了，昨晚可是小貓自己說要陪我整日呢。」

從床頭抽了一根玉簪過來，景琮將自己的華髮挽住，修長的手指摸向喬宓的頸間。被他咬過的齒印正在消散，精緻的鎖骨起伏得厲害，再往下便是高高隆起的兩團雪乳。被竹夾掐住的殷紅乳頭，竟然還浸著滴滴乳汁。

喬宓被獸形虎鞭幹了整整一個時辰，緊塞得內壁不間斷地高潮，又被他射了一肚子的精液，整個人都像飛入了雲霧中，無法言喻的爽混雜著痛。

「不、不行……好脹，太難受～」經歷過高亢的浪叫後，她的聲音已經嘶啞了不少，細細的嬌軟討饒倒是別有一番風味，聽得景琮腹下又是一陣邪火翻騰。

「餵妳吃了這麼多東西，小貓說說裡面會有小老虎嗎？」看著喬宓鼓起的小肚子，景琮氣息沉沉地說著話，冰涼的指尖輕緩地在肚臍間畫著圈圈，激得喬宓情不自禁又是一陣痙攣。她這一顫，被撐到外翻的花唇間又是一股濃密的白液噴出。

「有、有了……」喬宓都快淚流滿面了，她比誰都清楚景琮對小老虎的執念，月子後的日子大半都和他膩在床上。就算今天沒有，她敢保證，近期是絕對會懷上的。誰叫她家的老變態，能力超強呢。

得了她的答案，景琮露出昳麗的笑來，長指撥了撥乳尖上的小竹夾，在喬宓急促的喘息中，勾了一抹乳汁含進口中，奇異的甘甜在舌尖暈散，讓他回味無窮，「小貓這裡的水和下面一樣甜，我喜歡得很。」

喬宓羞赧地看了他一眼，奶水和情液怎麼能相比?半懸空的纖腰痠乏得緊，腿心間溫熱的溼濡更是不斷外湧，知曉景琮不可能這麼快放過她，也只能眼淚汪汪地先懇求著，「王爺，你先把我放開吧，下面難受著呢。」

緩過了滅頂的高潮愉悅，她也有了幾分說話的力氣。老變態從來是吃軟不吃硬，她在撒嬌這件事上也愈發純熟了。

景琮正拿開她左乳上的竹夾，沒了壓迫的殷紅乳尖頓時噴出一股股甜汁來。他俯身去含，差點接不住那源源奶水，大力滾動的喉頭間，享受的聲音悄無聲息。

「嘶溜～」被吸著乳汁的喬宓敏感得不行，男人有技巧的吸舔可不是嬰孩的胡亂吸吮所能比擬。自己身體分泌的汁水被大口吸出，本來脹滿的地方一點點紓解，除了輕微的疼，更多的則是舒爽了。

「嗯啊！」她禁不住地輕嚀，如同點燃火把的引線，讓景琮再度狂熱起來。大力的吸舔開始有些粗猛了，雙手一邊握住一團雪軟使勁地蹂躪。

「不要捏！唔～～」雙手被綁住的喬宓沒有過多的反抗能力，乳汁噴濺的當頭，她仰起上身尖叫起來，繃緊的雙腿在空中晃動，急急喘息的嬌唇很快被景琮用大舌堵住。

曖昧淫逸的吸吮聲纏綿，喬宓猝不及防嘗到了屬於自己的味道，還來不及抗拒，迷失在霸吻中的她又有了周身發熱的衝動。粗壯的肉柱再度挺入腹中時，她驀然睜大了眼睛，突如其來的擴充讓汁水充盈的甬道很快到了極致，抽搐的媚肉下意識吸緊了炙硬的巨物。

「好、好舒服～啊唔！」得不到解放的雙腿隨著景琮抽插的幅度而顫動，速度愈來愈快，撞擊的快慰如火山噴湧，激情而刺激……

果不其然，喬宓又有孕了，這一次她是確確實實能確定，肚子裡絕對孕育著景琮的種。在大寶二寶能跑會跳，三寶開口說話的這一年，四寶終於出生了。

抱著粉嫩嫩的小公主，向來泰山崩於前也不變色的景琮，真的激動了。他吻了吻喬宓浸滿細汗的額頭，牽著她的手放在女兒的臉頰上，「這是我們的女兒，景若。」

冬去春來，萬物更替，稀稀落著細雪的庭院中，喬宓抱著女兒依偎在景琮的懷中，看著化了獸形繞著雪松追逐玩鬧的大寶二寶，不由得回憶起初到這世界的自己。那時若不曾遇到景琮，她又會如何？

「在想什麼？」景琮一指逗弄著女兒，將一歲的女兒眉眼與他極其相似，漂亮得耀目。他一手又攬緊了喬宓的腰，這便是他此生最為重要的兩個人，愛入了骨。

喬宓未語，看了看溫和煮茶的裴禎，再一抬頭，又見長廊下一襲帝王黑袍的夜麟沉臉走來，懷裡還抱著在哭鬧的小太子。

「阿娘！爹爹揍我！」剛走近了，小太子就掙脫了他爹的壓制，雖然嘴上喊著娘，卻一頭鑽進裴禎的懷裡。比起總是暴躁霸蠻的皇帝父親，他倒更喜歡裴禎這個爹爹，每次做了壞事都免不得尋求庇護。

「他竟去瑤池捉了彩鯉送給火狐族的小公主，不該揍他?!」喬宓瞪了夜麟一眼，回頭去摸摸小太子的頭。曾經頂著蛋殼的小萌娃現在也長大了不少，一切都盡得他父親真傳，妖冶的相貌、入神的術法，現在連他爹取悅女孩子的手段也用上了，「還不是學你？」

夜麟反駁不得，又掏了袖中的錦盒出來，打開遞給喬宓。寒冰中是她最喜歡的天蓮，每年盛開時他都要去親手為她採一束。

「我氣的是，那一池的彩鯉本都是留給妳的。」他湊在喬宓耳畔小聲說著，妻奴本色盡顯無餘。喬宓禁不住臉紅了。

景琮頗見不得他這般，冷哼了一聲蔑之。裴禎則溫聲哄著小太子，月眸裡一片和煦。大寶二寶也化了人形跑過來，湊在了喬宓身邊看妹妹，一時間偌大的庭院滿是溫馨，這一幕往後多年都在不停一遍又一遍上演著。

只是這時，喬宓最是滿足地笑著。能遇到他們，她兩世何其之幸。他們愛她，她亦愛他們，且深愛。

——《萬獸之國・下》完

番外一

冶狼城一戰，奠定了裴禎儒將之威名，締造率領千人兵力頃刻退魔族萬眾的傳說。下至萬民敬仰，上至景琮嘉獎，裴禎皆不曾放在心中，唯一高興的是他將喬宓從夜國帶了回來。不幸的是他遭了夜帝煊暗算，身重詭異淫毒。

懷中的小貓又重了不少，雪白如狐的絨毛油光水滑，淫毒發作時，裴禎只得找了一處山洞，布下陣法結界，凝神調息。

「子晉哥哥，你怎麼了？」喬宓化了女體，抓過裴禎給她的外袍半遮半掩住赤裸的嬌軀，急匆匆地喚著裴禎的字，卻發現他如玉的俊顏潮紅怪異。

「呀！那個變態老蟒蛇不會給你下藥了吧？」伸手探了探裴禎的額頭，高熱的溫度燙得喬宓手心一瑟。思及逃跑時，夜煊臉上變態的笑意，她就知道那老東西心肝黑到了家，夜麟的不擇手段全然是有樣學樣。

「小喬，躲開些，這毒……唔！」裴禎還未說完，唇間便是一軟，散著少女芬芳的軟唇輕壓而來，緊接著喬宓香滑的妙舌就鑽進口中，他的呼吸猛然加重。他本想告訴她這淫毒古怪，正是發作關頭上，任由他如何壓制，那毒卻像是入了骨髓般亂竄，欲火焚身點燃他周遭大穴，好幾次差點按捺不住變回了原形。

喬宓單純以為他只是中了淫毒，以身試法紓解一番就可以了。她與裴禎歡愛又不是初次，沒什麼好害羞的，扔了身上遮掩的衣袍，就將嬌媚的赤裸胴體往裴禎懷裡鑽，「子晉哥哥你別忍了，沒事的，我撐得住。」

夜國的淫藥喬宓也試過一次，天知道上次夜麟那變態給她餵的是什麼東西，硬是撩撥得她春心大亂，在他那兩根巨碩蟒身上搖了一整晚……

屬於少女的香甜氣息爭先恐後湧入鼻中，就算裴禎再堅定，這會也不由得亂了方寸。他大掌扣住喬宓的纖腰就將俊臉埋入雪乳間，一頓啃咬舔弄，冰肌玉骨上吻痕盡顯。

「小喬，我的小喬……」嫣紅的乳尖被他含在口中，刺激得喬宓仰頭嬌吟不停。她跨坐在他的腰間，便伸手去解他的衣帶，迫不及待地拉開錦白色的衣襟，露出男人精幹的上身來。

「子晉哥哥，你身上好燙呀，唔~你咬輕點！」喬宓的柔荑曖昧地摸在裴禎的胸膛上，感受著從他身上湧出的火熱，只覺夜煊的藥下得有些猛過頭了。溫柔如水的裴禎這會已經急切地解了褲帶，掰開她的腿往中間頂來。

「啊～太大了太大了！慢些……」裴禎的陽物絲毫不遜景琮，此時又是淫毒上身，胯間早硬如炙鐵，粗壯的肉柱脹得紅紫，急不可耐地抵入喬宓芙蓉花般的縫心裡，才潤了絲絲的穴口被撐得微疼。

「小喬乖，且忍忍，進去就好了……」一身欲火正旺，幻化原形的衝動起了一次便壓下一次。裴禎只能咬著牙，迫切地希望快些進入喬宓的身體，先忍過這一波的衝動才行。不然他一旦變回原形，遭殃的只會是喬宓。

握住少女的三寸蓮足，他扯開秀腿往裡不停頂進，肉頭劈開層層肉褶，才塞了一半就脹得喬宓直搖頭。她那嫩花似的密穴，經了多少調教搗弄，如今倒反而更為窄緊了，嬌若處子一般。

察覺到裴禎的片刻忍耐停留，知道他怕弄傷自己，喬宓忙捂住嘴，收了痛呼，試著放鬆去接納那巨根。

「沒事的，子晉哥哥你進來吧，唔～能吃下的。」喬宓面紅耳赤地吻了吻裴禎的唇，他素來清貴優雅，很少會有今日這般滿頭大汗、欲火焚身的形象，惹得她格外心喜。

「小喬，我中的這淫毒很是古怪，妳且忍著些，若是疼就喊出來。」裴禎喘息著將喬宓放倒在凌亂的衣袍上，溫潤的月眸此時泛著紅，卻又強忍著衝動，愛憐地親了親喬宓的額頭。他再度挺身進入，這次卻是盡根陷入。

「啊～」從兩人相連的下方看去，那已經膨脹到可怕的巨龍，直接將嬌嫩的花穴撐到了極致，失了本來的花形，甚是淫靡不已。猛然頂入的快感還未散去，稱霸甬道的巨根就開始抽插起來，一連重搗狠擊，撞得喬宓嬌吟高揚，響徹了不大的山洞。

少女的花徑內壁縮得緊，吸得裴禎不僅沒緩解，反而更加燥熱難受了。他掐著喬宓的細腰，帶了幾分獸性低吼著狂插起來。

「啊啊！子、子晉哥哥……嗚！太深了，唔～」喬宓還是第一次見到這般瘋狂的裴禎，和平日的溫潤國相簡直判若兩人，一時間差點被那大肉棒插得暈了過去，雙腿被他架在肩頭上，嫩白的小腳在空中無助地搖晃著。

「小喬、小喬……不夠，還不夠！」出自夜國皇室的淫毒祕藥，哪能這般輕易地紓解，裴禎愈頂愈狠，可是胯間的男根爽歸爽，隨著那蜜穴夾緊的節奏，他漸漸壓制不住化身為獸的衝動了。

「慢些慢些~要到了，嗚嗚！你怎麼了……啊！」噗嗤一聲，大股精水爆射在喬宓的體內，而她也隨之被頂上高潮的巔峰，尖叫中雙腿一陣抽搐，痙攣的內壁吸得男人的巨根差些拔不出去。

裴禎沉重地喘息著，鬢角的黑髮已被汗水浸溼，被情欲支配的他猶如墮入地獄的謫仙，低頭看著從喬宓穴裡費力退出的東西，他的臉色難看到了極點。

「小喬，我……對不起了。」剛說完這話，便是一道白光乍閃。清醒過來幾分的喬宓，驚恐地瞪大眼睛看著變回原形的裴禎，知道事情不妙了。

「子、子晉哥哥，你！你變回原形做什麼？別、別過來啊！我拒絕獸交的！」喬宓被嚇哭了，眼前這威武的巨獅雖是裴禎的原形，可是來自食肉動物的威壓嚇得她都快暈厥了，抵著兩條發軟的腿就往山洞內側躲。

「夜煊下的淫毒太詭異了，小喬妳別怕，我慢些弄，妳乖乖的。」儘管獅子口裡還是裴禎溫潤低沉的聲音，喬宓還是不能接受。她和景琮那麼久了才試過一次，只一次就差點要了她的命，再到夜麟用蟒身……可是看看巨獅胯下怒挺的東西，她害怕地嚥了嚥口水。

真正的獅鞭，那粗得恐怕是兩隻手都握不住啊！

裴禎已然忍不住了，抬腳上前就按住了喬宓，拍開她發軟的雙腿，紅腫的玉門還淌著股股精水和花蜜，被美景刺激到的他低吼了一聲。

「不可以不可以！你快變回去，嗚嗚！我會被撐死的！裴禎你別這樣！」蓬亂著棕色鬢毛的威武獅頭湊近了喬宓的腿間，伸出舌頭就將她整個蜜處舔了舔。那舌頭太大了，幾乎蓋住了整個腿心，一掃而過就吞下了她穴裡流出的所有東西。

「唔！好疼！」喬宓緊張得都快失禁了，那粗糲的舌頭舔得她白嫩腿心發疼，隱約間可見重重厚實的毛下，那根勃起的獅根凶狠地挺出。已經被淫毒侵蝕的裴禎，必然是不會放過喬宓了，調整了姿勢就將分身抵上來……

「不行不行！不能插進來，嗚嗚～會疼死的，啊！疼疼疼！」喬宓尖叫著抓住了裴禎的棕色鬢毛，被巨獅胯部分開的秀腿掙扎著想要併攏逃離，可是滾燙的肉頭已經頂上紅腫的花穴口，憑著蠻力往裡面硬生生擠入。

化為原形的裴禎呈半蹲的姿勢將喬宓壓在身下，厚實的絨毛幾乎覆蓋住了少女的下身，插入的過程異常艱難。這是裴禎第一次強迫喬宓，幾度想要放開她，可是淫毒泛起他立刻就控制不住了。

他低吼一聲，伸出粗大的舌頭去舔弄喬宓發白的臉，在她還來不及痛呼時，使了巧力將頭端塞進繃緊的花縫中。

幸虧喬宓現在的修為不低，暫且承受住了這般可怕的填充。先前射入腹中的灼液外湧，巨壯的獅鞭就著溼潤寸寸塞入，每進一分，喬宓就倒抽一口冷氣，蜷縮著腳趾，儘量分開雙腿，努力放鬆去接納那可怕的獸器。

人身與獸形交媾，在萬獸大陸上並不陌生，相傳原形噴出的精水更容易受孕。幸好這段時間喬宓被夜麟那個變態用原形弄得多了，遇到裴禎這樣的巨物也只是一時半會的不適應，只待全部插進去，緩過一陣就沒事了。

「小喬～小喬，我忍不住了……」裴禎歉意的聲音一遍一遍迴蕩在喬宓耳邊，那巨型獅鞭才將近進了一半，緊縮的花道就絞得他寸步難行。喬宓忍了口氣，嫩白的腳踢在裴禎的絨毛獅胯上。

「你、你先退些出去，慢慢往裡插，哪能一次進到底。」為了不讓自己受罪，只能憑藉著往日景琮的指導，來教授不得其法的裴禎了。

隨著性器往外退出，生疼的灼熱感也湧向穴口處，喬宓緩了緩神，扯著裴禎的鬢毛示意他再緩緩頂入。有了方才的擴充，這一次的深入輕鬆很多，又送了小寸的柱身塞進，脹得喬宓忍不住嬌喘了好幾聲。

「唔啊~太、太大了，再慢些~」她那窄緊的幽穴也不知是造了什麼孽，遇上的男人一個比一個猛烈。好在裴禎還留著最後一絲清醒，隨著她的指揮來回深入淺出著，漸漸磨得穴壁春水泌出。

直到那獅鞭徹底捅到了最深處，喬宓便不讓裴禎動了，繃緊的小腿在巨獅身下顫抖著。「別，別動，讓我緩一緩，啊~」她咬緊了牙根，花穴幾乎被撐到快要爆了，連她自己都能感覺到穴肉跳動緊縮的急促，抽搐地吸著肉柱上猙獰的血脈。

最要命的還是那個肉冠大到駭人的頭端，正好抵在敏感的花蕊上，炙硬地隨著脈搏輕跳戳動，頂得喬宓一陣痠麻，小腹緊絞，總覺得一股說不出震撼快意暗暗襲來。大半分身都陷入少女嫩穴中的緊致，爽快得無法言喻，裴禎強忍著穩住元神，等待喬宓發號施令，好開始猛烈衝鋒，卻不料身下的少女陡然一陣抽搐，竟然尖叫著高潮了。

「啊！」他這還沒開始，只憑著碩大的粗壯就將喬宓脹得泄了身，內壁橫溢的春水瞬間浸染他的獅鞭，置身敏感痙攣的花穴中，裴禎是再也忍不住了。

「唔……啊啊～不、不要，快，慢點啊！」高潮的快感還沒有完全退去，裴禎出自本能挺動的胯部，那根黑紫的肉柱在幽穴中搖擺著抽插入弄起來。被淫毒控制的他幾乎只剩獸性，連撞穴的姿勢都是將喬宓當做了雌獸在幹。

這強烈的衝擊，頂得喬宓好幾次差點飛出去，裴禎不得不用爪子按住她的肩頭。粗糲的舌頭安撫地舔弄著她的雪乳，將那對嫩峰掃得溼漉漉，刮得喬宓乳尖微疼，偏偏這樣的疼又是撓人心扉的爽。

「嗯啊～還要，再舔舔，舒服～嗚～」她開始淫媚地輕吟，無疑讓裴禎更加癲狂，不僅胯下的動作更猛了，甚至張開大口叼住一邊椒乳，用舌頭打著轉去舔吸，直弄得喬宓呻吟不止。

「繼續啊！子晉、子晉哥哥，我好舒服，啊～」雌伏在巨獅胯部的藕白秀腿分開到最大程度，任由那獸型的巨根往裡面撞，紅腫的玉門承受著衝擊，卻被緊貼上來的獅子毛掃得敏感異常。

特別是臨近根部的地方有一圈生硬的短淺黑毛，次次戳上充血挺立的花核，一波又一波銷魂的酥麻電流被撞得在喬宓腿心處亂竄，弄得穴裡深處奇癢不已。而那在腹中狂野律動的獅鞭，總是能循著她最癢最難受的地方狠幹，頂得她整個下半身發疲，小肚子裡的五臟六腑似乎都要被撞移位了。

「嗚嗚～太快，太快了～要戳穿了，肚、肚子不行了～」躲開裴禎噴湧在她臉頰上的炙熱氣息，喬宓浪叫著就伸手去捂住自己的小肚子，正巧碰著巨根猛然頂入，覆在平坦小腹上的手心，被碩大的頭端硬生生隔著肚皮頂得一跳一跳的，嚇得她又是一股春液泄出……

重重的水聲頂撞下，喬宓到最後已然被弄得分不清今夕是何年了，只覺整個人飛入雲端，身下的巨棒爽得她泄了又泄，口中的淫浪呻吟沒停下過。即使嗓子嘶啞了，她那清囀的嬌吟，還騷媚得讓人衝動。

那將會陰處拍紅的兩顆毛絨陰囊終於有了射意，大波的獸液侵入子宮時，喬宓被燙得直接失禁了，雙眼翻白爽得顫個不停，「不能射了……不能了，好脹，脹……」

「咕嚕咕嚕」湧入腹中的精元是人形的數倍，平時她都撐不住他們一次的射入量，更遑論獸型，眼看著肚子被脹得如懷胎般，她無力地哭喊著，痠疼的胃部隱約發脹，喉間泛著一股精水的腥味。

裴禎將巨根從肉穴裡艱難地退出時，整個胯部都被春水打溼了，被撐到閉合不上的紅腫小花口激噴出一大股熱液。

「小喬，我、我有件事沒告訴妳。」剛發洩完一輪的裴禎，暫時壓制住了淫毒的衝動，眼神炙熱地看著被蹂躪到狼狽不堪的喬宓，鼓脹的小肚子裡脹滿了他的精元，而那溼漉漉的花道……

喬宓這會連合攏腿的力氣都沒有，只能眨著微紅的美眸，垂著貓耳可憐巴巴地看著裴禎，嫩白的小手輕按在肚子上，努力吸收著暗湧的修為。這場可怕的人獸交媾，可算是收場了。

「獅族獸型交配一旦開始，需要三四天才能完罷……所以，接下來的幾天，我們都要在這裡。」裴禎清冷的聲音滿是歉然，卻又暗藏著欲望侵襲的飢渴。不出所料，這話才說完，喬宓就翻身想跑了，他本能地撲倒了她，厚重的鬢毛壓在她光潔的後背上。

「妳放心，不會有事的，這幾日我精元外泄，妳全部吃下去就好了。」如此一來，她不僅不會有事，說不定還會在修為上取得新突破。可是喬宓哪會聽這個，一想到要被那可怕的東西入三四天，腿都嚇軟了。她掙扎著驚呼，卻被裴禎咬住後頸，慣來不會強迫人的他，現下卻變了性子。

駭人的肉柱再次抵了上來，這次直接變成後入式，更加貼近獸族交媾的姿勢。溼濡的胯部一挺，獅鞭就長驅直入，那被弄開的嫩穴裡面一片花水黏黏，直接被戳到了宮口上。

「啊啊啊——」被強迫後入的頂撞，衝得喬宓尖聲哭喊，更加深入地爆滿擴充，她一時半會根本吃不消。全然遵從了獸族本性的裴禎，為了防止她逃脫，竟然將巨根上的倒刺放了出來……

直到幾天後，差些被弄死的喬宓終於明白了一個道理——出來混，有的賬總是要還的！比如上一次秋獵她中了淫毒，是裴禎幫她解，這次裴禎中了淫毒，她算是還了他的債。

——〈番外一〉完

番外二

萬獸大陸上，獸化人的孕期一般在五至七個月，通常獸族女子懷孕五個月就能臨盆哺乳了。可是喬宓的第一胎卻足足懷了八個月，急煞了景琮，日日摸著喬宓鼓大如西瓜的肚子，盼著小老虎能快點出來。至於其他兩個男人，裴禎倒是一如既往認真地伺候著孕婦，而夜麟一雙邪魅的眼睛盯著喬宓都快發綠光了。

「就快到春季了，這孩子再不出來，我們怎麼辦？」春天一到就是發情期，他們幾個本就血氣方剛，喬宓懷孕前期時還能輪著日子來，一人一個月也能占個七八天。但自從喬宓來到懷孕後期，幾人都素著，光看不能碰，一憋就是大半年，誰能忍得住！

裴禎依舊淡然一笑，「沒事的，只要小喬能平安生下孩子就行。」

景琮冷笑，一雙棕色寒瞳蔑視著夜麟，哼道：「蛇族就是淫。」

夜麟：「……」

老實講，夜太子很受傷，他沒有裴禎的溫柔耐心，而喬宓肚子裡的孩子是景琮的，又不是他的！更重要的是，他們似乎都忽視了一件事情，「這是我的皇后！！」

快第九個月的時候，喬宓終於生了。這一胎懷得艱難，生得卻異常順利，才抬進產室，不到半個時辰就生了一對雙胞胎男孩。最歡喜的莫過於景琮了，不過到孩子周歲化形時，那又是另一個故事了……

回到當下，好不容易等喬宓結束月子的夜麟，第一個忍不住下了手。趁著景琮和裴禎沒有防備，將喬宓偷偷帶回宮去。

「啊～你，你就不能正常點嗎？不行，好久沒弄過了，我害怕！」剛剛生產完的喬宓，只一個月餘又恢復了以往的纖細玲瓏，一身雪膚嬌嫩得更甚以往，勻稱秀長的腿被夜麟放在了墨黑鱗甲泛亮的蛇背上，玉白得誘人。

「以往不是很喜歡我這樣嗎？乖，我忍了這麼久，再不變回原形做，會憋壞的。」也就是現在，換做以前，獨裁凶狠的夜麟才沒心情哄喬宓，早就將人往腰上一提，扒開腿就橫衝直撞了。現今知道疼愛妻子了，連前戲都繁多了起來。

捧著喬宓那對大了不少的雪乳，夜麟將俊顏貼上去，微涼的鼻息間盡是一股醇香的奶味，撩撥得他張口去吸住櫻桃紅的乳尖。才吸了一下，舌尖便是一股甜甜的奶味漫開。

「哎呀～別、別吸～」水嫩的椒乳渾圓，夜麟一邊吸一邊揉弄，牙齒還惡意地輕咬著乳頭，刺激得喬宓呻吟聲起伏不定，緋紅了臉癱在他懷中。喬宓的奶水格外充足，孩子有乳母帶，不太需要她親自餵養，倒方便了他們幾人來覓食，未結束月子時就被吃了不知多少，「來，嘗嘗妳自己的味道。」

「唔！」夜麟這個變態竟然吸了一口乳汁就往喬宓的檀口中渡，粗糲的舌勾著香軟的妙舌纏綿，攪得奶水混著口液在嘴間翻滾。好不容易吞嚥入喉，被吻腫的酥麻唇間，還殘留著淡淡的甜味。

好久不曾這樣深吻過了，喬宓急促地呼吸著，將額頭抵在夜麟光裸的肩頭上，目光卻正巧對上他變回原形的下半身。只見那玉白的蛇腹間，挺著兩根手臂粗的紫紅色肉柱，異常巨大駭人。看得她竟然有些口乾舌燥起來，小心臟噗通噗通跳個不停……

夜麟邪魅地勾唇一笑，吻了吻喬宓的桃頰，故意將她抬腰放在兩根巨柱之間，揑弄著她的嬌臀，「這麼久沒做了，果果也忍耐不住了吧？溼了嗎？」

私處和臀縫間各抵著一根肉柱，那炙硬的蟒身光是看著，就足以讓女人春心大動，不消說剛生產完，空了幾月不曾歡愛過的喬宓了。自蜜穴中淌出的透明水液，很塊就將蛇腹弄得一片溼亮。

巨大的陽物躁動，夜麟實在忍不住了，掐著喬宓的雙腋將她抱起，對準了前面那根較長帶刺的蟒柱往上套去，溼濡的花心一沉，粗碩的肉頭率先塞了進來。

「啊！」剛剛恢復昔日緊致的花徑，正是敏感的時段，甫一被他頂進，喬宓就難耐地杏眸緊閉，咬緊貝齒輕吟。

「果果溼得這麼快，把腿再分開些，全部插進去會更舒服的。」起初夜麟還慢慢地將她往上放，進到一半時，他眸光一變雙手就鬆開了，任由喬宓硬生生下墜坐上蛇腹，隱約聽見「噗」的一聲，前面那根大肉棒已被悉數吞進腹中。

「啊呀！！脹～」猝不及防實實落在巨根上，喬宓被搗進花心，周身爽得顫慄。嬌嫩的幽穴被撐到了極致，淫滑溼潤間，縮動的嫩肉緊箍著尺寸駭人的大東西，上頭的軟刺肉粒刮得她差點泄了身。

花穴內癢熱不堪，插進宮口的巨柱稍稍一動，喬宓的美眸便迷離了起來，無法言喻的快感侵襲著每一個毛孔，四肢八骸都酥麻爽快。

「妳這處怎麼比以前更緊了？」也不知是不是錯覺，夜麟只覺那吸著分身的花徑灼熱緊實得厲害，綿軟的媚肉跳動收縮，泌出的黏液沾滿了硬碩的肉柱。他忍不住輕緩頂弄了起來，強勁的蛇腹起伏，坐在上面的喬宓被顛得幾個猛晃，翹起的長長貓尾下意識纏上了一個地方。

「唔！妳的尾巴～」細絨的尾巴哪裡沒去纏，偏偏繞在了另一根肉棒上，興奮的夜麟忽而加速搗幹起來，逶迤在地的長長蛇尾，也耐不住在地上捲動著。

「嗯啊～頂慢些！要捅穿了，啊！插得好深～」喬宓跪坐在夜麟的腹間，直挺挺進出蜜穴的巨根，更是次次搗進宮口，撞得喬宓腦海眩暈、情欲高漲。

夜麟可不聽她的，就著漸起的淫靡水聲，蛇腹搖擺得更加生猛，好幾月不曾發洩的分身正是勃脹的極點，棒身上微凸的肉粒不斷摩擦著內壁，隱約帶硬的倒刺勾得軟肉生疼又刺激。

「嗚嗚～肚子～太快了～」小肚子被撞得翻江倒海、難耐不堪，一雙玉乳更是上下晃個不停，撞得厲害時，乳頭間竟然泌出了不少雪白奶水，濺在兩人身上。

「瞧瞧，奶汁都被弄出來了！」夜麟在床事上一貫粗野，捏著不斷淌奶的雪乳湊在口中，就是大力猛吸。

喬宓被他吸得下意識挺起胸，仰長著脖頸嬌泣不住。下身的搗弄實在是吃不消了，如狂浪侵襲的快慰幾乎將她淹沒，急淫嬌喘、飄飄欲仙。夜麟好不容易放開她的嫩乳，邪笑地舔了舔唇側殘留的乳汁，挑眉看著兩人不斷交合的下身，呼吸稍稍紊亂，「別哭啊，時間還多著呢。」

修長的五指猛力掐住一側的嬌軟雪乳，一大股的奶水就從乳尖噴了出來，瞬間甘香彌漫。這個夜晚還長著呢……

——〈番外二〉完

——《萬獸之國》全系列完

高寶書版集團
gobooks.com.tw

ERO6
萬獸之國・下

作　　者　黛　妃
繪　　者　JNE*靜
編　　輯　薛怡冠
校　　對　林雨欣
美術編輯　林鈞儀
排　　版　彭立瑋
企　　劃　李欣霓、黃子晏

發 行 人　朱凱蕾
出　　版　三日月書版股份有限公司
　　　　　Printed in Taiwan
地　　址　臺北市內湖區洲子街88號3樓
網　　址　www.gobooks.com.tw
電　　話　(02) 27992788
電　　郵　readers@gobooks.com.tw（讀者服務部）
傳　　真　出版部　(02) 27990909　行銷部 (02) 27993088
郵政劃撥　50404557
戶　　名　三日月書版股份有限公司
發　　行　英屬維京群島商高寶國際有限公司台灣分公司
　　　　　Global Group Holdings, Ltd.
初版日期　2022年1月

國家圖書館出版品預行編目(CIP)資料

萬獸之國 / 黛妃著.-- 初版. -- 臺北市：三日月書版股份有限公司出版：英屬維京群島商高寶國際有限公司臺灣分公司發行, 2022.01-
冊；　公分. --

ISBN 978-986-0774-44-3(上冊：平裝). –
ISBN 978-986-0774-45-0(下冊：平裝)

857.7　　110016769

三日月書版

三日月書版

GOBOOKS
& SITAK
GROUP©

GOBOOKS
& SITAK
GROUP©